Os olhos do meu pai

MENALTON BRAFF

Os olhos do meu pai

Romance

Copyright © 2023 Menalton Braff
Os olhos do meu pai © Editora Reformatório

Editor:
Marcelo Nocelli

Revisão:
Roseli Braff

Imagens da capa:
Robertsrob

Design e editoração eletrônica:
Karina Tenório

Dados Internacionais de Catalogação na Publicação (CIP)
Bibliotecária Juliana Farias Motta CRB7/5880

Braff, Menalton
    Os olhos do meu pai / Menalton Braff. – São Paulo: Reformatório, 2023.
    160 p.: 14x21cm

    ISBN: 978-65-88091-94-4

    1. Romance brasileiro.I. Título.

B812o   CDD B869.3

Índice para catálogo sistemático:
1. Romance brasileiro

Todos os direitos desta edição reservados à:

EDITORA REFORMATÓRIO
www.reformatorio.com.br

Para Roseli, que reparte a vida comigo.

E quando ele vinha ainda longe, viu o seu pai, e correndo
lançou os braços ao pescoço para o abraçar, e o beijou.
E o filho lhe disse: Pai, pequei contra o céu, e diante de ti;
já não sou digno de ser chamado teu filho.

S. Lucas, Cap. 15, vv 20 e 21

CAPÍTULO 1

Debaixo do oiti é mais noite que em qualquer outro lugar do imenso terreiro aberto para o céu, uma noite esconderijo. Sentado na mancha escura, com as costas fazendo o tronco de espaldar, Venâncio não vê que é noite porque a escuridão que mais pesa ele carrega dentro de si. O tempo está congelado: não passa mais. Sua vida, agora, é apenas uma sensação de peso que transborda, ultrapassando os limites de seu corpo. Às vezes sacode a cabeça e pisca, antes de soltar a fumaça azul do cigarro, que se contorce em espirais e sobe até sumir entre os galhos mais baixos da copa. Seus olhos acompanham vazios a coreografia da fumaça, mas seus olhos estão opacos e não lhe dão notícia nenhuma. À sua frente, no extremo oposto do terreiro, Venâncio vê as largas janelas da sede iluminadas e não entende qual o significado de estarem lá com seu clarão.

E este barulho. Estátua estendida estou nos lençóis pernas e braços imóveis? Eles não param de latir. No meu sonho, vejo espigas maduras e alguém diz que vai chover. Dobro então as pernas e meu joelho sente as costas mornas da Esperança. Maciez. Mas eles não param de latir? Não sei onde anda o cobertor, onde foi parar. Acho que é frio nas pernas e o cobertor, não sei onde anda, onde foi parar. A Esperança se desencosta em fuga incomodada quem sabe com meu joelho e consigo finalmente mover também os braços, que a procuram por cima do lençol. Ela sempre reclama e estes cachorros que eu ocupo o território todo não vão parar de latir?

Agora ela me empurra exigindo um espaço que é seu, me empurra como pode, mas não consegue grande coisa: meu peso pousado na cama.

No quarto ao lado a Ivone resmunga sonhando e a Esperança me cutuca o peito com dedos e unhas, seus dedos de acordar. Nâncio, ela repete me sacudindo a cabeça, Nâncio, ouve, os cachorros, acorda, criatura. Tem alguma coisa aí fora. Meu sonho dilui-se entre latidos irritados que me esfolam os ouvidos e arranham o silêncio da noite.

Isto agora é a Ivone, que acaba de acordar como acorda sempre, com o choro já preparado irrompendo na garganta. Ela sente medo do mundo quando vai entrar nele pisando com seus pés. Foi o latido dos cachorros: seu susto.

Ficamos conversando até tarde esta noite e não consigo parar de dormir, me embrulho em sono, com um pé dentro de meu sonho, umas espigas maduras e alguém me dizendo que vai chover. Espigas loiras de cabeças pensas, seu pescoço fraco. Vai chover. Mesmo assim arranco de meus pigarros a pergunta, o que é isso, mulher? Sinto o cabelo molhado na nuca e minhas pernas querendo encarangar.

Uma tosse encatarrada se prolonga no escuro vindo de fora, pela janela e Esperança me diz que os cachorros, Nâncio, no pomar, como se eu, no meu sonho ou no meu sono.

A Ivone aí ao lado já chora no seu timbre agudo, seus guinchos de animalzinho assustado, querendo espantar os seres que se escondem nas sombras. A Esperança acende a luz e voa da cama, como se fosse um instinto aquele cuidado com a filha, que já começa a se aquietar num choro normal cada vez menos. Me levanto enroscado numa ponta do cobertor que não me sai do meio das pernas e cambaleio até a janela porque uma tosse encatarrada se prolonga no escuro vindo de fora, pela janela e zelador preciso saber. Meu corpo e meus olhos, principalmente os olhos, estão bem dispostos a permanecer na cama, mas há essa tosse aí, de minha responsabilidade. Abro uma fresta na janela, que é um modo de ver sem ser visto — a segurança — e vejo um vulto que acaba de sair da sombra redonda do oiti para a claridade derramada pela lua no terreiro.

Mesmo sabendo a resposta, pergunto, que é um modo de ligação, É o senhor, meu pai?, e o vulto conhecido, pela voz da tosse e pelo andar, debaixo de um chapéu de feltro com as abas um pouco caídas, pergunta em tom admirado, como se tivesse ouvido uma asneira, Ué, mas e quem mais podia ser? Já posso botar pra fora a cabeça e respirar a noite funda, mas o que é que está acontecendo?, ele quis saber, que barulho todo é este? Meu pai já está com o cheiro do cigarro a um passo da parede. Vem, ele disse, vem logo. Pega o farolete e a espingarda que os cachorros devem ter acuado algum bicho. Estão parados no mesmo lugar, desde o início.

Visto a calça e uma camisa, com pressa e atrapalhado, que não sou de perder uma caçada, ainda mais aqui no pomar. A voz da Esperança vem do quarto da Ivone, que ela está acalmando. A Ivone não sabe acordar sem um choro desesperado, porque ela vê as sombras que se mexem no escuro. Dizem que só criança e cachorro conseguem ver algumas sombras. Nunca acreditei nisso porque também já fui criança, e de cachorro entendo mais do que qualquer um: meus maiores amigos. Elas duas ali do outro lado da parede, os seres pelos quais vale a pena viver. A Ivone está perguntando pelo papai, e eu amoleço o pensamento quando ouço uma coisa assim. Aqui está o farolete, que dorme sempre do meu lado, agora é pegar a espingarda e o embornal da munição. Os dois pendurados na parede da sala. Meu esporte e minha defesa. Aposto que sei o motivo de tanto latido, o barulho todo. No pomar. Ah, sim, meu chapéu também.

Os três latindo e conheço a voz de cada um, seu tom, o ritmo, a brabeza com que late. E estão desesperados. Te apressa, meu filho, ordena meu pai, mas já estou fechando a porta e descendo os degraus para o terreiro, então respondo que não há por que ter pressa. Por baixo de seu chapéu desabado o velho quer saber, pois conhece minhas habilidades. E por que não?, ele pergunta. Gambá não foge, meu pai. Enquanto aparecer cachorro por baixo, ele não foge. Já vamos entrar no escuro do pomar, onde não entra réstia nenhuma de luar. Acendo o farolete antes que a gente enganche a cabeça em algum galho mais baixo. E como saber se é gambá?

Meu pai já viveu muito mais tempo do que eu, mas algumas coisas eu posso ensinar a ele. Então explico os modos diversos de latidos, que desde criança conheço. Assim desse jeito, meu pai, um latido parecendo voz de gente, de tanta raiva, e direto, sem descanso, é como os cachorros odeiam um bicho que fica trepado nos galhos olhando pra baixo com desprezo, um olhar redondo de desafio de quem sabe que está livre de perigo. Ouça, meu pai, não parece que os três latem do mesmo jeito, como se estivessem mordendo? Pois é assim.

Claro que as explicações não bastam quando se trata do uso de uma sensibilidade que se desenvolve. É preciso, antes, descobrir as diferenças, afinar os sentidos e catalogar os modos na memória, tudo guardado e sabido. Acho que nem tudo se vê quando se olha sem competência no olhar. Meu pai, que já viveu muito mais do que eu, teve os sentidos treinados para outros assuntos.

Ele sacode a cabeça dentro do chapéu desabado, e isso é sua concordância, mas a noite torna o gesto tão discreto que mais adivinho do que percebo. O que ouço bem, porque conheço, é o ronco grosso com que ele costuma aceitar alguma coisa como verdade para encerrar qualquer assunto. Vem do fundo da garganta, arranhando, e sai pelas narinas o humhum ressoante, imperioso, para acabar com a minha conversa sem o menor seu interesse. De mim sempre pensou: a cabeça desde criança ocupada nos detalhes de pouca ou nenhuma seriedade. Ele, quantas vezes, mas isso é lá assunto de gente, menino. Para ele, inteligência só se gasta com o sustento de uma família, o aumento dos bens e o controle da própria conduta todos os dias. Ora, latido de cachorro. Mas isso é lá assunto de gente.

Quando entramos finalmente no pomar, por baixo das copas, penetrando com nossos corpos de homens no oco das sombras, a luz do farolete irrompe com sua força, livre da atrapalhação do luar. Os troncos, algumas frutas, a terra batida pelos pés de mais de uma geração, tudo salta para um dia luminoso com a vantagem do destaque.

Eu aponto com o farolete erguido à altura da minha cabeça, Olha lá eles, e ilumino os cachorros e seus latidos que se tornam lancinantes.

No meio do pomar, em volta de uma laranjeira, os cachorros percebem nossa chegada, e parece intuírem um próximo desfecho, que os incita a latir com mais vigor. Em volta do tronco da laranjeira, os três pulam na esperança vã de alcançar o ramo de onde o gambá os examina com seu olhar cheio de tédio. Com o focinho fino apontado para o farolete, e os olhos redondos observando fixamente nossa aproximação, ele parece piscar muito aborrecido com sua circunstância, sem saber ao certo de que seremos capazes. Move lentamente a cabeça, arreda uma das patas e desenrola a ponta da cauda do galho que o sustém. Mas parece que se arrepende do primeiro impulso e volta a olhar na direção do farolete e a enrolar o rabo no galho. Não há muitas opções de fuga. Os outros galhos em volta são ainda mais finos do que aquele em que está empoleirado. Não suportariam seu peso. Refugiar-se em uma laranjeira, árvore de madeira quebradiça, é nisso que dá.

Os cachorros, agora, além de pular, e cada vez mais alto, latem, uivam e ganem, numa demonstração desesperada de eficiência. Sultão, o mais exaltado, vem cheirar minhas pernas e me pula no peito, literalmente chorando e pedindo minha ajuda. Sai pra lá, animal! Ele olha meu rosto, em seguida late com o focinho apontado para o alto da laranjeira, numa espécie de linguagem em que nos entendemos muito bem. Sossega, digo-lhe com uma voz de promessas, sossega que ele não vai ficar livre de vocês por muito tempo. Late muito perto de meu rosto, as patas no meu peito, e sai correndo para ajudar seus companheiros no barulho que nos acordou.

Só quando o pai pega o farolete de minha mão e joga o facho de luz para o alto é que eu hesito. Os dois olhinhos do gambá estão de tal modo acesos e vivos, mas vivos de olhar para baixo como se reconhecessem o perigo, que me sinto na iminência de cometer um assassinato. Eu, um caçador treinado, atirador de pontaria sem comparação, de repente abaixo a espingarda e desvio os olhos para não ter de encarar o focinho do gambá.

O que é isso, agora? Meu pai, com seu pensamento prático e rápido, um pensamento plano que não conhece arrependimento ou remorso, seu pensamento de um rumo só, meu pai não me entende e se espanta. Meus olhos, ardendo. Boto a culpa na fragilidade da matéria, algum defeito, porque nisso não cabe discussão. Quase nunca.

Os cachorros olham para a espingarda de boca virada para baixo, sem voz, e não entendem que meus olhos estejam ardendo por não suportarem, do alto da laranjeira, os dois olhinhos redondos, vivos e brilhantes, apontados fixos para mim. Ele não tem opção de defesa: galhos finos e quebradiços, três cachorros enfurecidos à espera, dois homens com seu poder de vida ou morte.

Meu pai me oferece o farolete, Toma, Venâncio, ilumina pra mim que eu atiro.

O farolete fica parado, em oferta, mas parado na mão dele. Apesar do império da voz grossa de catarro e autoridade. Esperança já vem insistindo nesta ideia há algum tempo, Você não deve mais obediência a seu pai, Nâncio. Mas é preciso respeitar quem me deu a vida. Claro, mas respeito, Nâncio, respeito não é obediência.

Os três cachorros saem abanando as caudas para cumprimentar a Valéria, que, numa hora destas, uma hora insólita, vem chegando por trás da claridade escassa de sua lanterna. Pequena trégua, porque, em seguida e como a mostrar para a recém-chegada o que vêm fazendo, voltam novamente as atenções e os latidos para o alto da laranjeira.

Olhem só o que este bandido andou aprontando no galinheiro. E sua voz fica muito semelhante ao latido dos cachorros. A mesma raiva das notas agudas, o mesmo modo de falar como se estivesse mordendo. Ela mostra um frango morto, com o pescoço estraçalhado. Seu quarto fica nos fundos, canto esquerdo da casa, o mais próximo do galinheiro. Eu acordei com o barulho das galinhas. Em seguida ouvi o alvoroço dos cachorros. A cabeça está presa ao corpo apenas por um pedaço de pele que resiste, a cabeça morta balançando.

Peço a meu pai que focalize o bicho novamente, ergo a espingarda, faço a pontaria e puxo o gatilho. Os morros mais próximos respondem numa sequência proporcional à distância e a noite de lua fica com cheiro de pólvora. As folhas da laranjeira estremecem e despencam do alto, atrás do volume escuro do gambá que, ao cair, faz um barulho de tapa da Esperança afofando travesseiro, sinal para que os três cachorros avancem com seu ódio atávico sobre o bicho abatido.

Com dois dedos, Valéria fecha as narinas, fazendo cara de nojo por causa da catinga. Com seu frango pendurado pelos pés balançando o pescoço estraçalhado, afasta-se da iluminação do farolete e atravessa invisível a sombra sólida do pomar. Atrás dela, seguimos em silêncio: nosso dever cumprido. Antes, porém, assistimos a alguns lances da luta dos cachorros, que destroçam o cadáver, plenamente vingados por sua incompetência para subir em árvores. E o velho, em geral de cara trancada na seriedade, sorria ao assistir a tamanha violência, porque é uma vitória da casa, da norma, uma vitória da economia familiar e da ordem.

Quando finalmente penetramos na claridade da lua, é com um mormaço no peito — um incômodo —, que penso: está na hora de falar. Mas só me decido ao início da conversa chegando à sombra do oiti, ao lado da minha sua casa. Aqui temos de nos separar, então, com a boca cheia de pigarros, balbucio:

— Pai, eu preciso falar com o senhor.

Meu pai para esperando, pois então fale, ele consegue dizer antes da tosse, a velha companheira.

— Bem, eu a vida toda trabalhei sob as ordens do senhor, um trabalho comum, da família.

Digo tudo num jorro só, aproveitando uma trégua da tosse.

Ele volta a tossir impaciente, uma tosse longa e encatarrada ao final da qual, sem me dar brecha para continuar, ele diz que assunto grave requer hora mais oportuna. Não aqui, de madrugada e debaixo de um oiti. Amanhã, entendeu?

E se afasta teso, com suas costas, um tanto amargurado.

CAPÍTULO 2

Abrir os olhos desmesurados é tão somente ato reflexo estimulado pela voz familiar que vem ali de perto, de trás, mas que lhe parece um convite absurdamente distante. A comida esfriando no prato, Nâncio. Vem pra dentro. A cabeça não se move, o corpo, senão os olhos, não reage.

Uma brisa branda encrespa as folhas do oiti e aviva a brasa do cigarro, jogando a fumaça nos olhos muito abertos e parados, que não sofrem, mas lacrimejam.

Sultão atravessa trotando o terreiro, com sua mancha móvel, e assusta um curiango, que bate as asas e some no meio das estrelas.

Já faz bastante tempo que só ouço a noite: um grilo chamando, o pio ardido e agourento da coruja que mora atrás dos chiqueiros, o chiado permanente da brisa no bambuzal, ao lado da sede. E a silenciosa respiração das estrelas, que de cima, do mais alto de tudo, tudo veem sem nada saber. No terreiro, entre nossa casa e a sede da fazenda, a casa do meu pai, a figueira, de cujas folhas o luar arranca pequenos reflexos, derramando sua sombra imensa no chão. Ao lado, sombra menor, o tamarineiro de copa mais rala. Além, a casa da sede, vetusta e sólida ainda, mas com as paredes marcadas pelas muitas gerações. Eu sinto que de uns tempos pra cá vem crescendo entre as duas, a casa e a minha mulher, um rancor silencioso, destes de azedar a vida. A Esperança fecha a janela da cozinha e vem sentar-se perto de mim. Sabe, Nâncio.

Sentado à mesa, com os braços estendidos sobre a toalha xadrez, espero pelo assunto prometido há mais de meia hora.

Enquanto jantávamos, Esperança, quase cochichando, disse, precisamos conversar. E não me olhou, a Esperança, que tem uns olhos firmes e grandes, redondos de tanta confiança na vida. Faz uma boa temporada que venho suspeitando da existência de algum espinho cravado no corpo dela. Quero ouvir minha mulher, preciso botar nossas vidas no rumo em que elas vinham tão bem desde o casamento.

O modo como iniciar o assunto, eis onde Esperança empaca. Deve estar temendo minha reação, por isso é necessário muito cuidado com o modo de falar. Terminado o jantar, ela escorregou da cozinha com a Ivone, e de lá do quarto eu a ouvi ninando nossa filha com um boi da cara preta. Não saí do meu lugar, imaginando a seriedade do assunto, pois só pode ser assunto sério. Só pode. E isso pelo comportamento da Esperança nos últimos tempos e pelo jeito espremido e baixo, grave mesmo, de dizer aquilo: precisamos conversar.

Por fim, o acalanto cessou e a casa encolhe-se dentro de uma densa nuvem de silêncio. Mas ela ainda demora a voltar.

A Esperança vem do quarto pisando leve, como se estivesse preocupada com o sono da Ivone. Mas eu acho que não está. Seu jeito de pisar e de não fazer barulho são manifestações do medo que sente de iniciar o assunto. Sabe que é uma conversa necessária, mas não pode imaginar qual vai ser a minha reação. Então resolve lavar a louça, quem sabe uma boa ideia pode ainda cair do alto ou nascer subitamente ali mesmo dentro de sua própria cabeça. Nesse tempo todo, ela não me encara uma vez que seja, ar concentrado de quem sofre uma grande dificuldade, justo a Esperança, de palavra tão fácil. Em todos esses anos de casados é a primeira vez que ela me diz uma coisa assim: Precisamos conversar.

Guardada a louça, muito sem pressa, ela enxuga as mãos no avental, que pendura na lateral do armário, então foge para a janela: quem sabe o céu. Os cachorros trotam inquietos entre os galpões e o curral. Somem por trás das construções para reaparecer, farejando o chão, farejando as estrelas, inconformados com o enigma que não conseguem resolver. Meu pai é quem costuma dizer que é assim mesmo, que é em noite de lua cheia que os cachorros reconhecem os mortos antigos que aparecem apenas para alguns animais e algumas crianças que choram de medo do escuro.

A lua está uma promessa apenas no azul quase transparente que serve de fundo para o corpo da Esperança à janela. Contemplando a cena, imóvel em minha cadeira, tenho a sensação de que vejo um ser pouco mais do que etéreo, a sombra da minha mulher: uma sombra que se projeta no céu. Tem muito de religiosa a admiração que ela, sem saber, me infunde. Não, não vou ter coragem de quebrar a cena para apressá-la.

Já faz seis anos que ela deixou o pai viúvo e doente aos cuidados do irmão e da cunhada. Seu irmão mais velho. Chega a passar três, quatro meses sem que os veja. E não é por falta de saudade, ela repete assim mesmo, que dessa anda prenhe desde a hora de acordar até a hora de dormir. Mas é uma viagem cansativa por causa das dez léguas de terra. Nossos pais, o dela e o meu, se conhecem do tempo em que fizeram o serviço militar, na mesma companhia, dividindo o beliche que lhes tocara no dormitório. Desde então, amigos de pouca visita, mas de boas lembranças.

A Esperança enfia os dedos pelos cabelos, que remexe, e usufrui o frescor da brisa que desceu com o pôr do sol, por fim, fecha a janela da cozinha e vem sentar-se perto de mim. Sabe, Nâncio.

Subitamente: sabe, Nâncio. Estremeço como se tivesse acabado de acordar. Focalizo nela dois olhos expectantes, que, por mais de meia hora, vinham preparando-se para qualquer gravidade.

Vencendo um pudor ancestral, a Esperança toma a minha mão direita e a beija, não como um ato de submissão, é uma carícia, gesto difícil no seu ambiente, o lugar onde foi criada, na roça, um lugar tão avesso às efusões sentimentais. Sabe, Nâncio, os dois olhos que se desviam da mão direita, submetida a uma inesperada carícia, para o rosto da minha mulher, não sabem quase nada, mesmo assim, tento reagir. Estou te ouvindo, Esperança.

Nosso casamento já completou seis anos, não é mesmo? Ela finalmente parece introduzindo por meio de rodeios o assunto que a preocupa. Eu continuo de olhos parados à espera de que suas palavras comecem a adquirir sentido. Enquanto isso, pego sua mão dentro da minha, de leve como se fosse um passarinho que não quero machucar. Ela sente o meu agrado e esboça um sorriso que não chega a alçar voo. Seis anos, não é mesmo?

Ainda inseguro em estrada desconhecida, concordo apenas com um movimento de cabeça. Então é do casamento que ela pretende falar, eu penso com o gelo do susto no peito, onde não sinto nada além de um frio ansioso. A Ivone, meu bem, parece que nasceu ainda outro dia, não é mesmo?, mas já passou dos cinco anos.

Num movimento reflexo de defesa, tento tirar minha mão direita de cima da mesa, porém, com firmeza, ela me impede. Mas defesa contra quê?, é a pergunta que apenas intuo para deixar que ela continue acariciando a mão de Esperança. Estou vivendo o desconforto da conversa apenas por uma suspeita vaga, sem formulação mais clara. A atitude inesperada de Esperança, entretanto, o modo sem uso como agora segura e afaga minha mão, podem ser razões para desconfiança.

O assunto começa a se delinear com mais clareza pra mim, e isso gasta quase todas as energias da minha mulher, que está com olheiras escuras, os olhos descaídos e um estranho ar de cansaço. Esse tempo todo, Nâncio, você trabalha nesta fazenda como qualquer empregado, mas os empregados de seu pai ganham salário e você ganha o quê? Ganha uma promessa de futuro? Bom, se é isso, me desarmo da expectativa, relaxo os músculos do rosto, e no peito os pulmões sentem-se aliviados. Enfim, a gravidade do assunto parecia maior do que é na realidade.

Respondo com os argumentos com que fui criado e cevado durante toda minha vida, mas eu... eu trabalho com a família. Com a minha família.

Piscar um pouco mais rápido e abrir as narinas, frementes, mais do que o normal, são as marcas quase imperceptíveis da irritação de Esperança, sua voz, contudo, não consegue mais esconder sua indignação. Faz muitos anos que vem pensando isso tudo para que fale a respeito sem nenhuma emoção. E eu, Nâncio, e eu só uso vestido do tempo de solteira, meus sapatos já têm furo na sola, a gente come o que teu pai dá pra gente. Isso é vida? Retém as lágrimas e engole o nó que se forma na garganta sem nenhuma saliva, que sua boca já está seca por trás de lábios descoloridos.

Ela então solta minha mão, brusca, e tenta recolher a sua, que está suada. É, contudo, minha vez de impedir que ela fuja. Escute, Esperança, o meu trabalho é pela família, um dia eu recebo a minha parte, não se preocupe. Não é um assunto em que me sinta confortável, mas conheço de cor todos os passos da argumentação: as verdades repetidas por muitas gerações, desde o início, talvez desde sempre.

Quase gritando, exaltada, ela rebate que deixou a casa do pai não para entrar em uma família, mas para formar sua própria. Esperança não diz tudo que mantém entulhado na garganta, eu acho. Não diz, por exemplo, que meu pai é orgulhoso, mas com excesso de orgulho, que é despótico, um patriarca do tipo antigo, antiquado, mas diz que não suporta mais receber as sobras da sede da fazenda como se fôssemos dois agregados sem direito nenhum. Você trabalha mais que qualquer um nesta fazenda, Nâncio, e qual é a paga disso? Pra comprar uma cueca você precisa pedir dinheiro a seu pai. Apesar de exasperada, ela jamais diria tudo o que vinha pensando da família em que, querendo ou não, há seis anos ela entrou. O restante, aquilo que não terá coragem para dizer, ela vai manter guardado na cabeça arranhando a paz de seus dias de casada.

Não quero viver à margem de uma família com patriarca, Nâncio, não foi pra isso que casei. Eu quero ser o centro, nós dois, cuidando do nosso futuro.

Esperança, com a voz ainda passando agachada pela garganta, joga sobre a mesa suas dúvidas sobre o futuro, sobre a parte que vai caber a cada um dos filhos, querendo saber como viveremos até que tudo se consume. Então você não vê que a Valéria já está noiva, a Vilma fez três anos de namoro firme, e qualquer hora vocês acabam brigando por causa de partilha?

Qualquer hora!? Meu espanto não é suficiente para que ela se atrapalhe, agora mais calma e as ideias ordenadas, cada uma em seu lugar. Sim, você pensa que seu pai vai viver pra sempre? A ideia do pai morto abriu caminho pelo emaranhado de pensamentos confusos, em um mundo cheio de ameaças e perigos. E o que você acha que se deve fazer? O mundo em que fui criado, as verdades estabelecidas pela tradição familiar, tudo começa a embaralhar-se. Certo, nunca tinha pensado mais detidamente naquilo tudo, mas não é o que meu pai vem afirmando desde que comecei a entender-me e ao mundo?

Esperança está sendo ameaçada de tornar-se caudalosa, porque o que ocorre, depois de deixar que as palavras irrompam-lhe na boca, o que ocorre é uma revolução. Seis anos de silêncio e submissão vão-se transformando em rancor mal contido e crescente. Ela via o que via e mantinha os pensamentos guardados em cofre escuro. Mas eles, seus pensamentos, fermentaram por muito tempo, cresceram e agora é impossível parar o que já começou. As palavras vêm prontas e enfileiradas, sem vacilação. Chego a pensar que ela nem precisa de pensamento para falar automático assim como ela fala. O que eu acho que se deve fazer? Ora, você tem que falar com seu pai, tem de exigir o que é seu. De direito, como herdeiro.

Espremo os olhos e sacudo a cabeça: não, não, não, Esperança, enquanto ele estiver vivo não posso exigir coisa nenhuma. Coisa nenhuma, entende? Nenhuma. Ele o pai, o chefe, o senhor desta terra. O mais velho de seus irmãos, o primogênito e herdeiro da propriedade. Então, muito devagar, para não tropeçar nas palavras, relato desde o início da fazenda, como a tradição a vem mantendo indivisível, assumindo a posse o herdeiro mais velho. Dou alguns nomes, dos maiores e dos menores, dos que mandaram e dos que obedeceram. Passo por algumas gerações que conheço pelas fotos amarelas e por outras que conheço apenas de notícia, palavras, porque são anteriores ao daguerreótipo. E por que você não abre mão desse direito? Ele compra sua parte e nós vamos embora!

O suor me escorre pelo rosto de músculos tensos. É uma batalha sem o prévio treinamento. Limpo o rosto com a palma áspera da mão. De fato, por que não ir embora? Fiapos de cabelo pendem sobre minha testa úmida. Sim, por que não? Fui eu, por acaso, o fundador de um império, o iniciador de uma tradição, o sacerdote de uma seita? Levanto-me para tomar água e o movimento do corpo mexe com minhas ideias desordenadas. Mas Esperança, eu devo obediência a meu pai.

A noite já está completa, noite plena, e a Esperança vai até o comutador e acende a luz. Precisa ver meu rosto, eu acho, conferir que tipo de brilho há ainda em meus olhos, quais as rugas que sulcam minha testa. Não, meu caro, o que você deve a seu pai é respeito. Obediência é coisa muito diferente.

Voltamos a nos sentar, mas em silêncio. É uma trégua pesada, com nós dois exaustos de nossas próprias palavras. Uma trégua necessária, não para que os pensamentos se enfileirem novamente em ordem, mas para que o coração deixe de bater com tanto empenho.

Começam aqui meus sonhos de independência, cujas aspirações, até agora, e desde a infância, jamais tinham ultrapassado as cercas da fazenda: que um dia será minha. Minha testa fica lisa e meus olhos cintilam de uma alegria desconhecida, então começo a sorrir por causa desta verdade tão clara, mas que sozinho nunca tinha enxergado. Não são mais ou menos as mesmas coisas que já tantas vezes tinha ouvido da madrinha? Ela, com seu jeito torto e diferente, não dizia que na tradição familiar ela cuspia e mijava? Sim, pode deixar comigo. Na primeira oportunidade vou falar com meu pai.

E esta decisão arrancada pela mão hábil de minha mulher refresca o ar da cozinha como se uma sede estivesse sendo saciada. Então acontece. Aqui mesmo, com as nádegas de Esperança comprimidas contra a mesa, que o encontro das bocas torna-se uma voracidade, uma urgência.

Nós dois cambaleamos pelo corredor, cotovelos raspando nas paredes por causa dos corpos grudados e cheios de ansiedade. Já é tarde, mais tarde do que costumamos deitar, mas não vamos dormir sem comemorar essa decisão fazendo amor como só conhecemos nos primeiros tempos.

CAPÍTULO 3

Sultão atravessa trotando o terreiro, com sua mancha móvel, e assusta um curiango, que bate as asas e some no meio das estrelas. Empoleirada na cumeeira da sede, uma coruja crocita irritada com a demora da companheira: seu guincho agudo e gutural, um grito ardido, arrepia a superfície lisa da lua.

A Valéria empurra a porta e entra chofrando de claridade, o dia lá fora, e faz cara aborrecida por causa do barulho. Sua raiva, da Valéria, está sempre a ponto de explodir na boca e ela grita se não podemos parar esta bosta desta máquina, não? Largo a manivela da debulhadora e espero um pouco, até as engrenagens ficarem quietas. A Valéria está parada no meio do paiol, as mãos fechadas cravadas nas ancas magras, ela querendo me enfrentar, esta menina.

No ensaio de comando, por ser o mais velho, pergunto impaciente o que aconteceu para que ela venha atrapalhar o serviço. Tua queridinha, ela diz com ar de deboche, subindo a ladeira. Eu vi. A madrinha?, eu já sei de quem se trata pela sinalização dos trejeitos faciais, seu código, pelo ar de deboche e pelo queridinha. Não tenho necessidade de adivinhar, mas julgo melhor me mostrar surpreso como se estivesse adivinhando. Enfim, sinto algum remorso por ser o predileto da tia. Sem sucesso, procuro disfarçar esta exagerada e mútua afeição. Minha queridinha.

Procuro disfarçar sem sucesso, pois largo tudo e saio pela porta recém-aberta, voando na claridade do dia.

Ninguém vai ocupar meu lugar na tarefa de abrir o portão, posto de minha exclusividade quando é a tia Célia quem chega. E isso desde minhas primeiras lembranças da vida, quando atravessava com pressa o terreiro, passando pelo tamarineiro ainda jovem — frutos apenas em potência. Tio Mário, naquele tempo, vinha dirigindo, pálido, cansado, prometendo deixar o mundo logo que pudesse. A madrinha sabia daquele meu zelo e não entrava se outro parente fosse o porteiro. Era nosso namoro. Ambos conhecíamos muito bem a mútua predileção, mesmo sem tê-la jamais transformado em palavras.

A sombra de uma nuvem branca e leve cobre todo o terreiro, incluindo aí sombras menores, como da figueira e do tamarineiro.

A picape e eu, cada qual de seu lado, chegamos juntos ao portão. A tia Célia ao volante, sorri de babar, seu sorriso de me ver. Ela, que não teve filhos, o marido doente, como se justificava, sempre teve vontade de me adotar. Ela diz. Aberto o portão, a picape vai conduzida para o lugar de costume debaixo da velha figueira. Mas que carga é esta que ela traz, um animal pequeno, de orelhas tesas apontando para frente?

A tia Célia, quando desce da picape em plena sombra de uma nuvem branca e leve, abre muito os olhos virados para o alto, um olhar de ver pra dentro, e para feito estátua, sem nenhum movimento. Pergunto o que está acontecendo, madrinha, e ela me olha como se só agora estivesse me vendo, então me conta que estava ouvindo as risadas de outros tempos, umas vozes infantis soltando palavras que se perdiam ao vento. A figueira era a mesma, ela diz, talvez de menor diâmetro no tronco e na copa. Mas os galhos principais, o modo como o tronco se dividia acima de certa altura, em tudo era a mesma. Todos nós envelhecemos, ela reflete, e as árvores não são diferentes. Ela teria a idade da Valéria ao subir pela primeira vez até os galhos mais finos desta figueira. Assim como ela, andava pelos dez anos de idade.

O primeiro abraço é mais prolongado. Faz bastante tempo que não nos vemos. Mas chegam os outros: minhas duas irmãs e minha mãe, sua cunhada. A Vilma e a Valéria, magras de rosto e o corpo trancafiado em suas calças jeans, se aproximam em passo lento, esperando que a tia me largue. Ficam olhando do lado de fora da nossa predileção, talvez com alguma inveja. Minha mãe desce a escada da porta da cozinha e atravessa o gramado sorrindo. Ela gosta muito da cunhada, que é tudo o que ela nunca teve coragem de ser. Todos são abraçados e beijados, porque eu posso ser o predileto, mas a todos minha madrinha quer bem. Exceto meu pai, seu irmão, a quem parece que ela trata com bastante frieza.

Depois da enxurrada de perguntas como sempre acontece nestes encontros, a saúde, os negócios próprios e dos arredores — todos se voltam para o mesmo lado, querendo saber que carga é esta na carroceria da picape.

Com minha ajuda, que já estou um homenzinho, quinze anos, não é, meu afilhado?, a madrinha abre a tampa posterior da carroceria e puxa a rampa de madeira com ripas horizontais para que o animal não escorregue. Puxando a novilha pelo cabo do cabresto, a madrinha vai fazendo ela descer, com as pernas trêmulas muito lentas e o focinho de ventas desconfiadas, pendurado até o chão. Os cachorros farejam de longe, gemendo descontentes, mas são expulsos das proximidades. Eles bem sabem que é um animal do campo, mas não gostam de gente estranha em seu território.

A novilha jersey, porque é uma novilha jersey, bem sei, exerce sua mansidão cheirando com as ventas muito abertas as pessoas a sua volta. A Valéria, a mais excitada de todos e a primeira que abraça o pescoço da vaquinha, acusa a Vilma de ter deixado a porta do paiol aberta e agora há montanhas de galinhas lá dentro. Ela percebe que a Vilma também está querendo tomar o gostinho de passar a mão no animal. A mãe, que acompanha com os olhos o dedo da caçula, ralha com a Vilma, que vá fechar aquela porta, menina.

A madrinha quer saber da saúde do irmão, de quem teve notícias dias atrás, que andava adoentado. Pois eu vim até aqui pra saber dele, ela finge. E aproveitei pra trazer esta novilha jersey, que é do meu afilhado. De pouca carne, mas leite pra queijo não há igual. E dizendo isso, ela passa o cabo do cabresto para minhas mãos. É sua, Nâncio. O início do seu rebanho.

O sorriso, na minha cara, anda muito perto do choro, porque minha alegria é tão grande que não posso evitar umas lágrimas de puro gozo. Tia Célia, minha madrinha, sabe melhor do que qualquer outra pessoa escolher um presente. Minha. Uma novilha inteira só minha. Nada eu queria tanto, nesta fazenda onde os animais do campo são os meus cuidados. Também saio de trator, às vezes, porque meu pai explica sempre que eu tenho de conhecer tudo que se faz aqui. Um dia isto tudo vai ser seu, ele vive repetindo. Agora, se puder escolher, minha preferência é o campo. Gosto muito de entender os costumes dos animais, conhecer as manhas de cada um, suas preferências. Ah, não existe trabalho melhor.

Minha mãe fica observando meu sorriso, pois acho que estou meio abestalhado de tão feliz, e meu coração relampeja uma alegria que chega até os olhos dela. As meninas, saltitando, chegam da perseguição às galinhas que tinham invadido o paiol. É dele, conta-lhes a mãe. As duas choramingam, com suas caras de choramingar, queixando-se de que é tudo pra mim, só porque sou o irmão mais velho. Tudo pra ele. Mas é ele o afilhado, meninas.

Quando elas me veem conduzindo o início de meu rebanho na direção do curral, elas acham que está na hora de mudar estas regras antigas, dando aos afilhados o direito de escolher seus padrinhos. As duas tolas ficam discutindo com a mãe e a tia Célia debaixo da figueira. O mundo destas duas é uma brincadeira. Elas nem imaginam as coisas pesadas da vida: os tropeços.

Convencidas de que a novilha é minha propriedade privada, elas se desinteressam deste animal de pouca estatura e vão procurar dentro de casa melhores objetos para sua distração. Sempre correndo. Mas não ficam livres de ocupação porque a mãe, presa na cozinha pela cunhada, encomenda algumas verduras e legumes que as duas saem apostando corrida para buscar.

Só reapareço com o almoço quase pronto. Parado na porta, os pés plantados com firmeza na soleira, olho pra dentro com os olhos, os lábios e as bochechas, tudo organizado num sorriso idiota de quem acaba de descer do paraíso. Eu sou assim. As mulheres estão vendo na porta um proprietário de gado, dono de um rebanho. A madrinha abandona a pia, onde lavava as verduras recém-trazidas da horta, e estende os braços num convite para novo abraço. Atravesso a cozinha em passo rápido, bem pisado, com o cabelo caído na testa, e recebo em estado de glória o abraço da minha madrinha. Por causa de minha dificuldade para expressar qualquer emoção, eu boto na intensidade do gesto a intensidade do meu agradecimento.

Aí vem o trator com seu barulho devagar e agora o almoço vai ser servido. Da janela, de onde controla o mundo lá fora, Valéria grita com fome que o pai está chegando. Pouco depois, meu pai vem também ele receber o abraço da irmã. Pendura o chapéu de aba caída num prego da parede, suspira e senta-se à cabeceira da mesa. Quem, eu doente? Ora, isso já faz muito tempo. Uma febre à toa. Dois dias de cama quase me levaram pro cemitério, mas de tédio. Ele é um homem resistente, meu pai, e o mundo não tem existência sem ele.

O almoço não transcorre no silêncio costumeiro, um silêncio em que uns ouvem a mastigação dos outros. O patriarca é de opinião que comer é um ato sagrado, ou próximo disso, talvez, exigindo respeito e sossego no transcurso das refeições. A liberação do costume, entretanto, também existe, e são as ocasiões em que recebemos visitas. Uma visita é sempre uma ruptura na ordem, momento de liberdade para as crianças, que têm permissão para o exercício do exibicionismo, tanto por gestos quanto por palavras. O riso, então, é totalmente liberado para que se saiba, no exterior, a que ponto se trata de uma família alegre.

Minhas duas irmãs, enquanto almoço, me olham com olhos arregalados e fixos, que não se definem entre o rancor e a inveja. Acho que os dois. E riem, o tempo todo, das bobagens cochichadas que elas mesmas inventam. Quando a minha mãe ralha com elas por causa do excesso, a Vilma declara que: O Nâncio está fazendo cara de pecuarista. E as duas, então, soltam o riso, que rola e pula por cima das travessas. Meu pai contenta-se em fazer um olhar severo de pouca duração porque a tosse o interrompe.

Meu pai era o irmão mais velho, por isso, pelos costumes da família, competia a ele manter a fazenda em sua inteireza. Desde outro século, um século antigo, as marcas da fazenda eram as mesmas. Ao mais velho compete zelar pela tradição e pela propriedade fundada por um ancestral, cujas histórias renovam-se com as gerações que se sucedem. Renovam-se e se modificam. Às irmãs, seguindo a tradição, toca apenas um enxoval, para que não casem com a vergonha da penúria. Seus maridos hão de ser, eles mesmos, proprietários para que possam sustentar as esposas. Os homens que vêm depois do primogênito devem ser indenizados pela desistência de sua parte nas terras.

Como primogênito e herdeiro, o senhor Bernardo Carvalhal Pedroso dá-se ao luxo de saber mais do que todos e, por isso, ter o direito de dar sempre a palavra final em tudo. E essa novilha, começa depois de tomar fôlego, vai pastar onde? Ele não olha para ninguém para não mostrar a ruga na testa, e seu prato está praticamente vazio, seu pretexto para manter os olhos ocupados no almoço. Eu perco a fome e vejo um nevoeiro esconder e dissipar minha boiada. Começo a ficar triste, uma dor de nó apertado na garganta.

A tia Célia, a caçula, subverte a hierarquia apelando para o deboche. Em tudo, a debochada, uma senhora de difícil convívio, como se diz em família. Olha aqui, mano, se a preocupação é o capim que ela vai comer, diga o preço que eu pago o aluguel, ou mando vir do meu sítio.

Meu pai sente a espetada e se cala, mastigando pensamentos porque o prato acaba de ser esvaziado. Ele não responde logo, ruminando rancores antigos. O almoço prolonga-se além da comida. Então meu pai finalmente me encara com olho parado e profere com alguma solenidade a sentença: pode soltar sua novilha no pasto. Com essa permissão, no seu entender, recebe de volta a autoridade, arranhada pela ironia da irmã.

A conversa cessa durante algum tempo, interrompida por um mutismo constrangido, mas retorna, enfim, um pouco mais amena. Colheitas, consertos, preços do mercado.

As meninas abandonam a mesa e correm para o terreiro, atrás de distrações mais interessantes.

E você, mano, quando é que vai me ceder um dos teus filhos pra me fazer companhia? Conversa antiga, aquela, dos tempos em que enterrou o marido. Tão antiga que já era entendida como brincadeira sua. Meu pai, contudo, nunca deixava de responder. O lugar deles é aqui, e daqui eles não saem. A madrinha pisca um olho cheio de malícia pra mim. Ela acha graça naquele jeito sisudo do irmão que jamais acha graça em nada. Ninguém conhece muito bem o que se passa em sua cabeça.

Só quando Nivaldo aparece na porta cumprimentando a todos e pedindo licença é que meu pai se levanta, despede-se da irmã, e os negócios do sítio, então, como é que andam, põe o chapéu na cabeça e desce os degraus da porta principal. O trator, à tarde, vai ficar por conta do empregado.

Mal sai meu pai para a lavoura, as comadres tiram a mesa, e minha mãe se mete a lavar a louça. Sou o único a continuar ali sentado, por trás da mesa, de feição sombria, meio abobada, por não saber se volto ao trabalho ou fico grudado na madrinha. A indecisão é que me turva os olhos como uma nuvem grossa e escura. Nuvem de chuva.

A tia Célia, no meio da cozinha, olha em volta numa viagem rápida à infância. Estes móveis, comadre, todos eles, já estavam aí quando eu vim ao mundo. Continuam no mesmo lugar e com a mesma cara. De repente, se vê chorando por ter quebrado um prato que lhe escapou das mãos, vê a mãe dobrada sobre a pia lavando verduras, ouve a gargalhada de Afrânio, o irmão do meio, quando soube que o Bernardo tinha ficado noivo. Cruza os braços sobre o peito e enfia o nariz entre eles. Até os cheiros, minha comadre, até os cheiros aqui continuam os mesmos.

Fechado em minha melancolia, vou-me aos poucos desmanchando por sortilégio desta madrinha, com suas falas diferentes, com sua facilidade de dizer o que a cabeça pensa, com seu jeito de rebelde alegre e sem medidas. O cabelo curto, como não existe outro no município, as pernas da calça jeans enfiadas pelos canos das botas, a blusa de seda, folgada e leve, colorida, ameaçando abrir-se, tudo nela diz que não é deste mundo. Ou, pelo menos, desta família.

A um convite da madrinha, me levanto de trás da mesa e, desfazendo a maior seriedade do semblante, desço com ela para o terreiro. A nuvem já levou sua sombra para outros lugares onde o sol esteja sobrando. Atravessamos o gramado na frente da sede e tomamos a direção dos galpões, onde modorram carroça, caminhão, caminhonete, arado e outras ferramentas. Quero só ver, ia repetindo tia Célia, só ver. Então ela ficou presa na mangueira?

E você, Nâncio, já anda arrastando a asa pra alguma menina daqui? Não respondo porque um nó aperta meus pensamentos e eu não sei o que dizer. Olho algumas, às vezes dizendo muito com os olhos, mas não passa disso. Por fim eu digo que Ah, tia, só assim, de brincadeira. Contornamos o curral e trepamos nos varais do mangueirão, de onde podemos apreciar a novilha jersey. Há bastante ração no cocho e um balde cheio d'água ao lado. A novilha parece meio deslocada neste lugar e vem de cabeça erguida na direção de sua antiga proprietária. Me conheceu, bandida! A tia

Célia esfrega a mão na testa plana da jersey e me recomenda que a solte no campo.

Perigo nenhum, menino, ela vai saber se defender sozinha. Então eu pulo pra dentro da mangueira e corro até a cancela, que deixo escancarada. Minha madrinha fica lá, empoleirada, apreciando a minha agilidade. Com gestos e gritos empurro o início de meu rebanho para o campo, que se perde para os baixios onde fica a represa.

A vaquinha cheira o caminho, adivinha seres de sua espécie esparramados pelo campo, ergue a cabeça, aponta as orelhas e firma o passo no carreiro de chão batido. Suas ancas rebolam sem nenhuma vaidade.

A tia e eu, aqui de cima, trepados, ficamos sorrindo ao vê-la se distanciando, como se estivesse à procura de sua nova família. Ficamos ainda algum tempo empoleirados no conforto dos varais, conversando à toa, gozando este ócio inesperado em meio de semana. Ela fala mal da família, que é a dela, os costumes antigos, tradições sem nenhum sentido. Revela uns rancores que não se apagam, espinhos, e me sugere que abandone as bobagens que já atravessaram todos os tempos desta fazenda. Rosto rubro, novamente eu fico sem jeito, calado. Não sei direito o que ela quer dizer com isso tudo, mas adivinho gravidades, porque a rebeldia da madrinha, seus rompantes são famosos. Imagina só se meu pai ouve uma coisa dessas, eu penso por baixo do chapéu.

CAPÍTULO 4

Sultão atravessa trotando o terreiro, com sua mancha móvel, e assusta um curiango, que bate as asas e some no meio das estrelas. Empoleirada na cumeeira da sede, uma coruja crocita irritada com a demora da companheira: seu guincho agudo e gutural, um grito ardido, arrepia a superfície lisa da lua. Uma das janelas da sede desaparece sem que Venâncio perceba.

Não consigo abrir os olhos, que adivinham o dia entrando pelas frestas da janela. Uma voz de gente, alguém falando alto, mas bem longe, é apenas uma voz sem corpo e nitidez, que repete uma ordem e as galinhas no terreiro, e pio de passarinhos. Recolho meu braço adormecido que se escondia por baixo do corpo, minha perna está descoberta e com frio ameaça uma cãibra na panturrilha e na memória dos meus sentidos, mas o que isso se não é catinga de um gambá, quando ele caiu balofo como a Esperança dando tapa no travesseiro para afofar. Minha cabeça sacode sem comando meu, os olhinhos redondos, num ramo dos últimos, me incomodaram, como se um ser humano, com medo de mim, quem sabe até algum pensamento. Os morros ficaram repetindo o estampido, um primeiro, em seguida outro, o eco voltando de longe. E este cheiro de gambá, de onde vem ele?

Minha mão, ainda cega, tateia o colchão em busca da minha mulher e volta vazia. Meus olhos finalmente se abrem surpresos reconhecendo o mundo. Num instante. E passeiam uma volta inteira pela penumbra, passando pela janela fechada e, depois de apalpar a parede e passar pelo guarda-roupa, miro a porta, inteiramente aberta. A Esperança não está mais no quarto, e preciso pular inteiro da cama, como um homem que está há muito tempo no trato da vida, engatilhado e pronto para enfrentar qualquer situação acordado. Não vou permitir que a Esperança, na volta da mangueira, onde deve ter ido tirar o leite da vaquinha jersey, me encontre ainda deitado.

Sem camisa, como durmo nas épocas de maior calor, espio a noite morna e serena no interior do quarto da Ivone, passando para o banheiro, lugar em que o dia costuma completar seu nascimento. Pronto, agora é esperar minha mulher com o fogão soltando sua fumaça azul pela chaminé, em cima do telhado. Conforme a direção do vento, metade da fumaça escapa da boca larga para os olhos ardidos da cozinha.

Fico olhando com olhos muito abertos para Esperança quando ela aparece na porta da cozinha com o balde cheio de leite e sua cara de alguma notícia. Ela despeja o leite nas duas panelas em que deverá ser fervido e diz, Sabe, tô sentindo cheiro de tempestade. Ergo os ombros e as sobrancelhas com cara de não estou entendendo, mas bem que posso intuir uma continuação para o assunto iniciado à noite, ali debaixo do oiti.

Então, as duas panelas sobre o fogo do fogão, a Esperança me conta que a Valéria apareceu na mangueira com recado do pai. Ele disse assim que é pra vocês tomarem café lá em casa. Não gosto da notícia, sua esperteza escolhendo o território que é dele, então fico parado no meio da cozinha, os dois olhos voltados para o escuro dos meus pensamentos, enquanto finjo ver o que se passa em minha volta. Uma repentina vontade de não tomar café chega acompanhando uma secura da boca e a sensação de que minhas entranhas pararam geladas. Percebo que as palmas de minhas mãos estão úmidas e as enxugo na calça.

A Esperança, que depois de pôr o leite a ferver sumiu pelo corredor, volta com a Ivone à frente e me encontra na mesma posição — uma estátua atravancando o caminho. Uma estátua quente com vísceras e medo é o que ela vê.

Assim que noto a presença da Esperança, procuro reagir, lembrando-me da conversa que tive com ela outro dia. Dois passos na direção da minha filha e a ergo acima da cabeça, num gesto em que eu mesmo me sinto elevar-me acima de todos aqueles anos de obediência e cegueira. O movimento dos braços me desentope, me põe todo em movimento. Lembro-me quase reconfortado já das muitas conversas com a tia Célia. A certeza de que não estou só começa a me percorrer o corpo por dentro das veias e me sinto mais animado. Pois então vamos — a Ivone montada em meu pescoço. Mas ainda temos de esperar que o leite ferva. Por isso atiço o fogo com duas mãos apressadas.

Desço os degraus da escada — a Ivone pela mão — enquanto a Esperança fecha a porta por causa das galinhas e seu esterco. Nós três, muito domingueiros, atravessamos o terreiro na direção da sede: passo lento, concentrado. O sol ainda não castiga a paisagem. Chegando à porta do velho casarão do meu pai, a sede, como ele diz, só a Ivone entra, e correndo, porque sua ingenuidade não conhece complicações familiares, e cumprimenta com voz aguda a avó, que está terminando de passar o café. Mas que é isso, gente, vão se fazer de visita, agora? Com sorriso muito desenxabido nós dois entramos na cozinha, permanecendo de pé, muito cerimoniosos, logo na entrada. Do interior da casa, ouve-se a tosse de meu pai. Esta cozinha me conheceu engatinhando e já era velha, porque a tia Célia diz a mesma coisa, que a cozinha conheceu ela engatinhando.

Meu pai e minhas irmãs chegam praticamente juntos: ele, pelo corredor dos quartos e as duas de suas primeiras tarefas matinais. As obrigações. Elas ainda lavam as mãos na pia antes de se abancarem em seus lugares à mesa. A Ivone, sentindo-se em casa, ocupa o lugar à direita do avô. Nós observamos desconfiados a cena, com olhar sestroso, indecisos os dois, não querendo dar a impressão de estarmos muito à vontade. Damos alguns passos, mãos grudadas em apoio mútuo, gastamos o tempo que podemos em cima dos próprios pés, espiando, até que meu pai, sem se virar para nós, resmunga que a gente sente. E isso é dito com uma voz de império, como sabe falar, mas que lhe custa, tenho certeza, a amargura de admitir que a família se desagrega.

A Ivone fala um tempo sozinha, fazendo pergunta e respondendo, porque os adultos estamos tensos, como diz a Esperança, cheirando tempestade, e o modo como a Vilma e a Valéria comem de cabeça baixa e olhos amarrados às xícaras me faz desconfiar de que elas já sabem qual é o assunto. Minha mãe é quem nos serve sem insistência, do fundo de seu temor doentio percebe nosso embaraço e sente pena do filho e da nora, porque o marido, o senhor Bernardo Carvalhal Pedroso, meu pai, deve ter antecipado a ela o que pretende fazer, porque ele, o senhor Bernardo, desde ontem já vislumbrou todo o cenário com seus detalhes.

Depois de um pigarro que ameaça tornar-se tosse, mas só ameaça, meu pai decreta que Se você tem alguma coisa pra dizer, pois então que comece. Ninguém se olha porque o ar ficou mais denso e perigoso, e todos têm medo de que os olhos desnudem os pensamentos. E me parece que os pensamentos não são bons. Termino de mastigar e não tenho rota de fuga, então levanto a cabeça, muito desafiador, como não é meu jeito, e começo a falar dizendo que Bom, meu pai. Obediência e respeito são coisas diferentes, mas, se não devo mais obediência a ele, nunca vou dirigir-lhe a palavra sem um tom muito respeitoso na minha voz. Bom, meu pai. Eu tusso, e só quando eu tusso parece que todos, combinados, se entreolham. Sempre disseram nesta casa que minha voz se parece com a voz de meu pai e agora devem estar achando que eu assumo sua bronquite.

Finalmente depois de todos terçarem olhos comigo, que os encontro em um giro que faço ao redor da mesa, vejo meu próprio pai com os olhos cravados em meus lábios.

Não há mais como estudar uma introdução e parto, um pouco mais fraco do que imaginei lá em casa, para dentro do assunto. Nisso eu sinto que recebo o estímulo da minha mulher, que parece mais tranquila do que eu.

Quando, enfim, vejo que todos mastigam mais devagar à espera do assunto anunciado, tenho a mesma sensação da primeira vez em que mergulhei no rio. Um dos tios a meu lado no barranco instigando, pula, menino, prende a respiração e fecha os olhos, pula, menino. E comecei a soltar como vinham as palavras sem cuidar com os sentidos, falando dos anos todos trabalhando sem saber do meu futuro, que me sentia pronto pra começar uma vida por conta própria, tocar uma fazenda só minha, e nisso me fui, explicando, porque minhas preferências, e gostaria de mexer com pecuária. Então, meu pai, o que estou pedindo é o que por direito é meu, só peço para o senhor que antecipe a partilha. Ninguém mastiga ou faz qualquer movimento, todos engessados num ponto de delicadeza, porque o pensamento de nosso pai é conhecido.

Uma varejeira entra pela janela e todos ouvimos com clareza o zumbido de suas asas. Não se tem muito que fazer aqui à mesa, os últimos goles de café já desceram sua ladeira escura, mas, com exceção da Ivone, nenhum de nós se move para sair. Cotovelo sobre a mesa, testa apoiada na ponta dos dedos, nosso pai ainda não deu sua resposta. Noto que ele está um pouco pálido e tem a testa suada. A Valéria se remexe, impaciente, e me agride com olhos encolhidos em suas cavidades. Por baixo da mesa o joelho da Esperança procura o meu, muito solidário, ela provavelmente feliz com a coragem demonstrada por mim no confronto direto com meu pai. Zumbindo como chegou, a varejeira desenha grandes círculos verdes no espaço livre da cozinha, para em um ponto e some em linha reta pela janela. Não se ouve mais nada.

    Meus filhos. É assim que ele começa. É sempre assim que ele começa. Rosa, sua esposa, e Ivone, a neta, não são seus filhos, mas é como se fossem. Todos são seus filhos, ninguém fica de fora do manto protetor do patriarca e imperador. Seu império patriarcal. Meus filhos, houve um Pedroso, com sua família, que lutou contra os índios para tomar posse destas terras. Alguns de seus bravos filhos morreram na luta, outros ajudaram a construir a primeira cabana, que ficava neste mesmo chão onde agora está erguida a sede. Desde então, estes domínios jamais tiveram senhor que não levasse o nome de Pedroso. O primeiro filho homem jurava que não dividiria o território nem daria posse a herdeiro que não fosse o filho mais velho. E com ele ficava a guarda de todas as tradições, costumes que eles trouxeram da Europa.

    Me perco pensando numa saída diferente porque a história já não me interessa, ouvida com as sempre mesmas palavras desde que aprendi a falar. Preciso conversar com a Esperança. Ele faz uma pausa, sua respiração cansada, e a Valéria, histérica, começa a dizer que com isso o Ricardo não concorda, que as leis mudaram, senhor meu pai, as leis não são as que eles trouxeram de lá, do outro lado do oceano. Se ele tem direito, nós duas também temos. Ela começa a chorar e me olha com raiva com seus olhos molhados e trêmulos. Meu pai bate com a mão aberta na tampa da mesa e ordena silêncio. Que enquanto estiver vivo, ele diz, enquanto eu estiver vivo, a tradição não vai ser rompida. A fazenda é uma só, assim como a família. Quem está abrigado pela família não tem o que temer. A família é como uma só pessoa.

A Valéria tenta recomeçar, mas esbarra na severidade de nosso pai. Nem um metro desta fazenda vai ser retalhado. Não vou permitir que debaixo de meu poder vocês rompam com uma tradição que já vem de muitos séculos. Ele termina de falar, humm-humm, pondo ponto-final ao assunto e se levanta. Pega o chapéu pendurado em um prego da parede, protege a cabeça e desce na direção dos galpões. Cutuco com meu joelho o joelho da minha mulher e saímos atrás. Ficar na frente das duas seria muito constrangedor. A Ivone chega correndo e pega minha mão. O papai. Ela está contente por ter feito a refeição na casa da avó, só não entende por que a tia Valéria estava chorando, hein, manhê.

A Ivone sai correndo atrás do Sultão, que é meio estúpido, mas gosta de brincar com ela, fingindo-se amedrontado. A Esperança pega meu braço, um gesto que nesta situação não é habitual, pois é dia de semana, a gente atravessando o terreiro, um lugar muito mais de trabalho do que de recreio. E ela puxa meu braço e me faz diminuir a marcha. Penso que está com intenção de me consolar pelo insucesso desta primeira investida, mas reparo que ela expõe um sorriso, no rosto, cheio de inteligência. Eu tenho uma ideia, me diz por fim.

CAPÍTULO 5

Empoleirada na cumeeira da sede, uma coruja crocita irritada com a demora da companheira: seu guincho agudo e gutural, um grito ardido, arrepia a superfície lisa da lua. Uma das janelas da sede desaparece sem que Venâncio perceba. O barulho da veneziana que se fecha não chega até ele.

Da altura de um Sol sangrento, com os cabelos presos no alto da cabeça, a Vilma passa com seus baldes, lenta de tanta bondade. A Ivone está com a avó e a Esperança ainda não chegou: sigo na direção do curral atrás da minha irmã. A Vilma é lenta porque nunca tem pressa e seus passos acariciam o chão por onde passam. Vou ajudá-la pelo gosto de ajudar alguém da minha mais estreita estima. Ela ainda não me viu porque vai olhando para frente, distraída, com o peso dos baldes e da água morna adernando seu corpo para a direita como se ela estivesse ameaçando cair. O Sol suja de sangue as nuvens baixas, mas ainda se pode trabalhar. Minha última tarefa do dia era dar um jeito no gerador, que andava falhando muito. Demorei um pouco a descobrir uma vela suja, mas larguei o bruto funcionando direito. Vou deixar que ele funcione mais uma hora ou duas depois desligo, por causa do barulho.

A Vilma, já na porta da cocheira, tem o cabelo subitamente iluminado com um brilho discreto, por isso volta-se e me vê a segui-la. Seu sorriso, o sorriso com que me encara, então, é o mais límpido manancial da amizade fraterna. Ela me sabe ou me supõe machucado e nada diz, como é seu dever de filha, mas seus olhos e seus lábios levemente abertos, todo seu rosto me declara solidariedade. Me espera os cinco passos que nos separam e entramos juntos para o ambiente das baias, onde vai tirar o leite das vacas. Ela faz isso duas vezes por dia desde os doze, treze anos. Uma de suas tarefas. Que bom que você veio, me diz e se cala porque não há mais o que dizer. É uma frase simples e de pura simpatia. Entramos pelo corredor por trás dos cochos e enquanto vai buscar suas leiteiras, que a esperam de orelhas e olhos de pé, impacientes, fico cortando pedaços de mandioca e torta de algodão no cocho de cada uma, a ração balanceada.

As vacas vêm entrando com um ar de distinção, conscientes de sua dignidade materna. Elas mal se olham, concentradas na procura da baia individual. O cheiro de esterco, ativado pelas patas pesadas que vêm abrindo sulcos no chão fofo, me entra pelas narinas como um fluido vivo, como algo visceral. Do outro lado da parede, presos em seu recinto, os bezerros ouvem a chegada ruidosa de suas mães e põem-se a berrar desordenadamente. Desde cedo estão separados das vacas pela obrigação de suprir as necessidades humanas. Elas trazem nos olhos grandes e redondos de tão mansos os restos de sol que acabaram de colher na entrada da mangueira. Ao ouvirem o berreiro dos bezerros, olham para trás, num movimento rápido, e respondem com calma num berro grave.

A Vilma já se enfia com seu banquinho de três pernas quase por baixo da primeira vaca e me apresso a lhe trazer o filho, que ainda terá de esperar bastante até que minha irmã lhe entregue umas tetas murchas.

Quando estou trazendo o segundo bezerro, ouço o ronco do motor da camionete, que sobe a rampa e saio correndo para abrir a porteira. Os cachorros me acompanham latindo porque adivinham que a Esperança é quem vai chegar. Nunca reparti com ninguém o privilégio de abrir a porteira para minha madrinha. Ela chegou com a picape e na carroceria vinha uma novilha jersey. Leite bom pra queijo, não tem igual. Depois ela disse, é sua, o início de seu rebanho. Verdade. A vaquinha ainda está aí no campo, agora sem cria e sem leite, mas já tem sua família: a filharada.

Chegamos, a camionete e eu, na mesma hora ao portão. Estou ansioso por saber o que ela conseguiu. Porque a história de visitar o pai, muito doente, não é verdade nem mentira. O pai da Esperança não está bem mesmo. Mas não era só esse o motivo da viagem. No horizonte resta apenas um pedaço muito pequeno do Sol e os campos e lavouras lá pra baixo já estão frescos de sombra. No morro, do outro lado, ainda bate alguma claridade. A Esperança passa me olhando com um sorriso contente e açula minha curiosidade. Fecho o portão e corro atrás da camionete e dos cachorros. Corro aos pulos e eles sacodem as caudas, tudo num ritmo de festa.

No galpão, onde finalmente o motor da camionete fica quieto, apesar de quente, todos nós nos encontramos com um pouco de atropelo nos corpos e no olhar, como posso perceber. Minha mãe, que percorreu o caminho mais curto, chega antes de mim. A Valéria também vem saber. A Esperança desce tão cansada da camionete que seu sorriso é quase uma máscara que pode quebrar-se. Ela pula e bate as mãos nas pernas espanejando uma sujeira imaginária. Em primeiro lugar, sem ao menos cumprimentar os adultos que a rodeiam, ela ergue a Ivone até seus lábios e a beija e abraça. E pergunta ninharias, dizendo criancices, numa euforia muito apropriada para encontros entre mãe e filha.

Ela acaba de soltar Ivone no chão, então nos cumprimenta, e porque nota o olhar ansioso da sogra, dona Rosa, minha mãe, a Esperança diz que o pai está bem doente, não levanta mais da cadeira de rodas, mas não corre perigo de morte, como o recado que recebeu. A cunhada é quem está servindo de enfermeira, e os dois se dão muito bem. Sinto que a minha mulher diz isso pensando em meu pai, que ela não suporta. Uma alusão por contraste.

A Valéria, de todos, é a que fica mais longe e mais calada. Desde que falei pela primeira vez em partilha, em receber minha parte, ela só me olha com olhos tortos, de esguelha. A Valéria e o Ricardo já andam combinando a vida deles, o futuro. Eles falam sozinhos, nos lugares em que ninguém pode ouvir. Tenho certeza de que conversam baixinho, tramando seus assuntos. E o que sinto é que para eles eu sou o maior tropeço.

Minha mãe convida a Esperança pra jantar com eles, mas minha mulher recusa, dizendo que ainda é cedo, que já tem alguma coisa pronta só esquentar. Eu sinto vontade de rir, pois tenho certeza de que ela está com muita vontade de começar o relato pra mim de tudo que aconteceu. Por isso começamos a andar, com pés ainda muito lentos, quase arrastados, como se fosse uma separação difícil. E elas continuam dizendo-se as últimas novidades — algumas sobre o dia da Ivone, que agora segue escanchada na ilharga da mãe. A Vilma, principalmente, que chegou depois dos outros porque teve de botar o leite a ferver no caldeirão, a Vilma ainda segue uns passos na direção da nossa casa, especulando, querendo saber. Ela gosta muito da família da Esperança por isso pede notícias de todos.

A pressa de ficar a sós se espalha pelo corpo todo, mas é necessário não expô-la, por isso nossos músculos se cansam. Enfim, ultrapassamos a figueira e nos dirigimos em linha reta para nossa casa. Pelo vão existente entre os galpões e o curral chega um feixe de luz, resto de sol, uma claridade enfraquecida e sem calor, apesar de sua cor avermelhada. Agora, que estamos separados por vários metros dos outros, podemos dar pressa aos pés porque ninguém vai notar. Antes de chegar em casa eu pergunto, e daí, e a Esperança, com a Ivone escanchada no vazio, mantém a voz agachada para responder, já te conto tudo.

Esmorecido, o sol já não tem forças para entrar pela porta ou pelas janelas de casa e acendo a luz. No escuro do dia morrente, aqui dentro, eu não veria a fulguração dos olhos da Esperança, a cor de seu sorriso que pressenti logo ao abrir a porteira. Não sei se sento e fico esperando, ou se começo a ajudar na preparação da comida, ou se tomo conta da Ivone, não sei o que fazer e me ponho reto e alto no meio da cozinha, esperando parado. A Esperança é quem arruma na sala os brinquedos da Ivone e volta dizendo que não se pode pedir segredo a uma criança desta idade. E não consigo imaginar nada que possa de repente ser um segredo, mas fico mudo à espera.

Senta aqui, me diz a Esperança, e nós dois sentamos nos lugares que costumamos ocupar à mesa. Meu pai, ela começa, já faz tempo que assinou a partilha. Meu irmão e eu, só nós dois. Foi muito fácil. Mas eu já sabia disso. Ele não se governa mais. O Albino já é o dono do sítio, de papel passado, mas assumiu o compromisso de comprar a minha metade.

Enquanto conta esta história que já conheço, ela se esquece até de piscar, me encarando, no fundo, esta alegria impossível de esconder.

Que um mês ou dois. O prazo. Ele deve fazer dinheiro com o arroz, a sacaria, com uma parte do rebanho e mais umas tranqueiras de que me falou. Nâncio, no máximo dois meses, entendeu?

Tenho vontade de me levantar, abrir a janela e dar um berro medonho de acordar os bichos do brejo, do mato e os bichos de casa. Um berro que reboe pela várzea e que se repita nos morros todos do lado de trás, onde eles estão. Tenho vontade de me estilhaçar numa explosão tremenda, como a ninguém jamais foi dado ver.

A Esperança, no seu entusiasmo, se põe a dirigir. Juntando com os trocados que você tem no banco. Não, mulher, são uns trocados de pouca monta. Ah, mas ela acha que pra comprar um sítio pequeno, só nosso, já é suficiente. A Esperança desconhece o sonho que venho alinhavando no escuro da cabeça. Nem tudo contei ainda a ela. De muita coisa ela não sabe porque eu precisava de segredo.

Olha aqui, Esperança. Minha mulher arregala uns olhos desconhecidos, surpresa. Que não, eu repito. A profecia da tia Célia estava certa, entende? Mexer com gado, Esperança, isso sim, pra isso foi que nasci. Em sítio pequeno a gente só consegue não morrer de fome, meu amor. Já tenho um sonho formado que me acompanha de dia e de noite. Juntamos o seu, mais o meu, conseguimos um tanto não sei quanto no banco e compramos uma fazenda de que me falaram, bem longe daqui, com pasto formado, instalações, tudo pronto pra formar um rebanho. Em dois anos pagamos tudo.

Ela afunda uma estria de desentendimento na testa. Que isso de banco é muito complicado, e tem a questão da demora, e inclina a cabeça olhando pra dentro com as sobrancelhas erguidas.

A Ivone começa a chorar na sala, com raiva no choro, e a Esperança usa sua rapidez para atender à menina e nada vejo em suas costas que seja diferente da expressão de relutância: seus ombros nada dizem. Minhas mãos se atracam tremendo porque não caibo em meu tamanho e as ideias escondidas por tanto tempo começam a ganhar corpo, querendo aparecer, precisando de alguma cumplicidade. Respiro mal e sinto as pancadas do meu coração. Esfrego o rosto e coço a cabeça no meio dos cabelos. Cravo as unhas sem medo de que sangre meu couro cabeludo. As duas conversam alto na sala, mas não consigo entender coisa alguma. Meu Deus, preciso tomar água.

    Ela me encontra de copo na mão como se fosse a satisfação de uma necessidade do meu corpo. Começa a contar que a Ivone não conseguia botar a torre da igreja de pé, por isso estava com raiva. A base estava inclinada. A base, ela repete, a base é tudo, minha filha. Inclinada assim a torre cai. E acho que a conversa dela tenta desviar nosso assunto, espantada como se mostrou ao sair em socorro da Ivone. Então não resisto mais: com isso, Esperança, a gente sai daqui sem depender um centavo do meu pai.

    Acho que era o argumento que faltava. Abandonar o jugo do patriarca, no pensamento conhecido da Esperança, uma ideia que ela sempre repete, é uma necessidade urgente. Ela senta e volta a me encarar. Séria, agora, com o rosto menos alegre do que antes, mas sem repelir minha proposta. Ela pensa. Vamos ver, ela diz, você deve saber como se faz tudo isso, se você acha que é possível, vamos ver. Acho que o melhor é a gente dormir com todas as ideias. Uma delas vai amadurecer durante o sono.

    Me lembro do gerador ligado e saio correndo.

Os irmãos se calam e eu fecho as pálpebras pesadas, escondendo do dia meus olhos ardidos da poeira. Fujo para baixo do pomar, com a espingarda na mão, ao lado de meu pai. Ele jogou o facho do farolete para o alto e vi os olhos redondos, mas não era um gambá, aquilo lá em cima. Suas formas imprecisas me perturbaram e abaixei a espingarda, desistente. Na ponta do braço erguido, meu pai sustinha o farolete no alto, apontado na minha direção. O que era então aquele rosto de olhos redondos? De quem podia ser? Nisto apareceu a Valéria e ela trazia pendurado pelas pernas o pescoço de um frango balançando, e o pescoço era meu, balançando com alguns ossos expostos. Meu pescoço estraçalhado.

A imagem do meu pescoço em frangalhos me incomoda e abro os olhos para não o ver mais. De tempo a tempo surgem umas porteiras grandes ou simples cancelas de arame farpado atrás das quais aparecem casas, mais ricas algumas, plantadas com solidez em algum outeiro, exibindo um ar orgulhoso de poder; outras mais pobres, encolhidas sobre os pés, olhando para o chão com humildade. Eu fico tentando adivinhar qual delas será a minha. Me enamoro de algumas pelas quais vou passando com minha decepção. Escolho por simpatia, por alguma coisa que me faça outra vez criança, mas sem as tradições, as regras e a necessidade de tanta obediência.

Já estamos chegando, avisa o motorista.

Agora começam a aparecer umas casas de beira de estrada, cada vez mais perto umas das outras, a estrada alarga-se de repente e entramos por uma rua calçada. O motorista, irmão mais novo de Geraldo, embica a camionete para a guia de uma praça e estaciona à sombra larga e redonda de uma figueira. Aqui é a sede do município, eles me informam. Descemos para a calçada com nossas pernas meio dobradas ainda e aos poucos vamos desenrolando-nos para nossas respectivas e verdadeiras alturas. Mostra a cidade pra ele, Heitor, que vou comprar alguma coisa pra gente comer. Só agora descubro o nome do motorista, o mais novo dos irmãos. E ele me mostra a cidade, o Heitor, com a ponta do dedo apontando. Ali, ele indica de braço esticado, é o cinema, ao lado, fica o hotel, o único daqui. Não é grande coisa, mas dá pra se dormir. Esta igreja, aí na frente, levou uma fortuna da gente. O padre sempre queria mais, que agora falta o sino, depois os móveis, o altar não pode ser qualquer um e assim cada ano devorava um pedaço do que se ganhava. Depois da igreja é a casa do juiz. Um homem severo que manda mais do que o prefeito e o delegado juntos. Estas lojinhas aí em volta dão pro gasto. O cartório fica ali, dobrando aquela esquina. Mas olha lá, o Geraldo já vem vindo.

Com o pouco que ouvi, me sinto velho habitante do lugar. Quase ninguém ainda me conhece aqui, mas não vão ter de esperar muito. Quero entrar pela outra extremidade desta rua com o carro zunindo e o motor trovejando. Todos vão vir até as portas e janelas para dizer: olha só, o Venâncio Pedroso, ele acaba de entrar na cidade. E eu vou ser bom, generoso. A igreja, a escola, o hospital, tudo que for do povo desta cidade, ou para ele, vai ter minha ajuda.

As casas começam novamente a rarear, com distâncias maiores que um grito, às vezes, e as pessoas, agora, não suportam mais andar sem chapéu. Meu silêncio é a necessidade que tenho de observar e, observando, vai-se dando uma pertença inesperada entre mim e o lugar. Assim como ele agora é meu, sinto que também sou dele. Por isso os olhos abertos e o sentimento cheio de júbilo do meu poder. Precisamos saber tudo um do outro e sei qual a parte que me toca. Passamos por um grupo de três casas quase apertadas entre si, e isso pode ser chamado de uma vila. As pessoas, e mesmo as crianças de altura minguada, olham para a camionete com os olhos estabelecidos um pouco abaixo das largas abas de seus chapéus, e abanam muito sólidos seus bons augúrios.

A estrada mais uma vez fica estreita e já vejo o trabalho que vou ter consertando e terraplenando estas valetas perigosas abertas pelas chuvas. Um caminhão de transportar gado não pode chacoalhar demais. Um touro de raça é muito caro para que a gente se dê ao luxo de machucá-lo em uma viagem.

A camionete embica na direção de uma porteira e para, cansada. Geraldo e Heitor viram as cabeças para trás e ficam lendo meus olhos, querendo saber como sou quando tenho uma surpresa. Depois da porteira, a estrada são dois trilhos de terra no meio do campo. Além, uns quinhentos metros, no alto da colina, uma casa maior do que meu sonho. Grande, nova e muito firme no chão. Muitas árvores nos fundos, curral, galpões, mangueira, tudo melhor do que eu conseguia imaginar.

O irmão mais velho, sem muita pressa, desce da camionete e abre a porteira. Imediatamente descubro entre mim e o lugar uma identidade antiga, como um destino comum. Não consigo desfazer em meu rosto o sorriso jubiloso da posse.

CAPÍTULO 7

Um corpo fora do tempo não sente fome, porque a fome está dentro do tempo, é marca de que ele se move.
O barulho da veneziana que se fecha não chega até ele. As pessoas todas da fazenda já estão deitadas esperando o sono, e carregam para o dia seguinte seus problemas e suas esperanças.

Meu pai chegou a propor uma festa com baile aqui em casa, coisa fora do uso porque ele não é muito das alegrias da vida, como todos sabem, porque um homem, ele repete sempre que suas regras precisem ser lembradas, um homem se preocupa com o sustento da casa e o comportamento da família, suas tradições. E foi com a tradição que seu Altamiro, meu sogro, dobrou seu compadre. O pai da noiva dá a festa, uma coisa que nem se discute.

Com a décima segunda badalada do relógio da parede, nós paramos de dançar e começamos as despedidas. Fico constrangido com as brincadeiras que todos acham de seu dever, aí, hein, então é hoje, e alguns olham para o corpo da Esperança, o que me amarga a saliva porque adivinho inveja nos olhos dos homens, uns olhos que descem balançando até o chão. Vê lá, hein, comportem-se, entenderam! Não acho graça nenhuma nesse tipo de brincadeira, mas sou obrigado a sacudir a cabeça e manter congelado um sorriso que já me cansa o rosto com todos os seus detalhes.

A Esperança foi ao seu antigo quarto se trocar e pegar a mala com as roupas de uso mais urgente. O irmão dela, o Felício, foi ajudar a carregar a mala e os dois evitam a sala, cheia de gente, saindo pelos fundos. A mala é colocada na carroceria da picape e abraçamos o Felício, primeiro a Esperança depois eu. Ele enxuga as lágrimas e funga um tanto como se não quisesse que a irmã deixasse a casa onde nasceu. Muito amigos, os dois. O Felício dá dois passos para trás, nós embarcamos e partimos. Já deve ser quase uma hora da manhã. No fim da festa, decerto amanhecendo, o restante da minha família vem na camionete do meu pai. Este arranjo quem sugeriu foi a tia Célia. Ela que disse como deveria ser. De manhã ela vem com os outros e pega a picape, assim nós fazemos a viagem sozinhos, sem testemunhas do que vamos fazer pelo caminho. A Esperança, com sua aliança na mão esquerda, diz que desde sempre gostou muito da tia Célia. Gosto muito da tua madrinha, ela diz e me aperta a mão, pois acha que estou meio dormindo. Um pouco tonto, sim, muito zonzo, por causa do barulho, a música e a conversalhada, o rumor de vozes, e por causa da hora, bem fora de nossos costumes. Não sou muito de festa nem de lugar com muita gente. Me atrapalho, não sei o que dizer, fico muito desenxabido. Estou mesmo um pouco tonto, mas a brisa de lâmina afiada, no rosto, não me deixa com muito sono. Ela não se parece nem um pouco com teu pai. Nem com os teus tios. Aqueles dois só conheci hoje. A tia Célia é mais moderna que os outros todos. O cabelo dela, as roupas. Você já reparou? Gosto muito dela. Aquele jeito sem frescura.

Entramos na estrada como os únicos habitantes do planeta. Os dois juntos. E apesar de maio e frio, a lua esparge sua escassa claridade sobre campos onde vacas silenciosas e de cabeça a roçar o pasto estão cercadas de seus bezerros que não precisam se preocupar com a comida, por isso corcoveiam de pura alegria. Eu vejo. A vida nos rodeia. Eu vejo a vida. Os maricás de galhos magros, no correr da cerca, estão cobertos de flores pequenas quase brancas de tão perfumadas. Encho meus pulmões do perfume que vem dos cabelos da Esperança. A tia Célia. Arranjou tudo como deveria ser. Dirijo só com a mão esquerda no volante, que a direita, sem nenhum pudor, provoca minha mulher. Ela às vezes se contorce, outras vezes geme com perigo, porque me distraio da estrada. Paro o carro no acostamento e nos atracamos com sede feroz, mas então a Esperança diz que não, Nâncio, aqui não, o desconforto, meu amor. Minha testa úmida de suor começa a secar e volto à estrada, agora com o pé mais pesado. Busco distração nos acidentes do caminho, tento me concentrar na gritaria dos quero-queros, que se irritam à nossa passagem, solto um grito raivoso na direção de uma coruja encarapitada num moirão, e ela vira a cabeça em cento e oitenta graus, mas nada me prende o suficiente para que a pressa de chegar em casa não me torne um motorista imprudente.

Enfim, a cidade, com suas ruas acostumadas a carroças e caminhões, esporadicamente algum trator. Assim são os buracos nos paralelepípedos, prontos para sofrer solavancos. A avenida principal, nunca cheguei a uma conclusão se início ou fim da estrada. Acho que o mais certo é pensar que se trata apenas de sua continuação entre lojas e fardos, entre máquinas expostas com pintura nova, para logo a seguir ser uma interrupção. A estrada se torna avenida, então se torna estrada novamente. Tudo se transforma. Eu, até aqui, nos anos todos que já vivi, era de uma família: com pai, mãe, irmãs, e o resto todo. Meu lugar, ainda hoje de manhã, era de filho. O filho mais velho. Houve insistência e até certo mal-estar no tratamento da família, quando disse que a Esperança não queria morar na sede, usando o mesmo corredor, respirando junto com as pessoas. Aquilo era só um recato dela, eu me esforçava explicando. Não durou muito o ressentimento, porque o Arlindo, feitor de meu pai, resolveu abrir um negócio de máquinas agrícolas na cidade e deixou vaga a casa onde vamos morar. Pintada, reformada, mobiliada, ficou à minha espera. Fechada inviolável. Só hoje de manhã, depois do cartório e da missa, foi que meu pai chegou perto de mim e disse que agora, agora sim, eu tenho um sucessor. Um discurso raro e sem tosse, discurso mesmo de pai. E antes de me dar o abraço de felicitações, emocionado, ele me entregou esta chave. O herdeiro para que a tradição perdure. Até hoje de manhã apenas o filho mais velho. Neste momento, aqui na estrada, eu sou com a Esperança uma outra família. Comento com minha mulher o que vinha pensando e ela ri, dizendo que eu só sou quieto por fora, mas que, por dentro, faço muito barulho embrulhando ideias.

 Andamos algum tempo calados, metidos cada qual com suas impressões, talvez algum pensamento, então conto para Esperança que meu pai, agora seu sogro, disse, Pois então, rapaz, é uma bela escolha. Nós vínhamos voltando da cidade com o caminhão carregado, e, criando finalmente coragem, pedi permissão a ele para ficar noivo. Estava chovendo e eu não tirava os olhos da estrada. Senti o corpo todo úmido, de uma umidade quente, com cheiro forte, porque ele não respondia. Andamos bem uns cinco minutos ouvindo apenas o ronrom do motor. Por fim, ele me jogou a pergunta, Mas você gosta mesmo dessa moça?, e eu me constrangi até os intestinos pela surpresa do assunto. Jamais tinha ouvido da boca de meu pai uma palavra que revelasse algum sentimento, qualquer sentimento, que não fosse o sentimento do dever. Assim ele, a secura. Ora, meu pai, gostar, não, não é simples assim: gostar. Mas isso eu não disse. Apenas confirmei o que ele queria saber. Como dizer a um homem sem abertura nenhuma e com um chapéu desabado sobre a testa e a nuca, que era uma loucura, um desejo de estar sempre junto, uma imagem que dormia e acordava comigo, um sorriso que sol nem chuva conseguiam desmanchar, um pensamento permanente, e forte, um fogo que me queimava e consumia da cabeça aos pés e com o qual eu tinha de conviver em segredo?

 Pois então, rapaz, ele disse depois de muda reflexão, é uma bela escolha.

Eu sinto quando meus olhos incham, empapuçados de emoção. Enxergo menos, nestes momentos, por isso aliviei o pé do acelerador. A estrada estava irregular, com marcas fundas de outras rodas, aqueles sulcos, e parecendo feita de sabão. Até em casa não conseguimos dizer mais nada um ao outro. Meu pai deve ter feito um esforço enorme para conversar comigo sobre minha vida, meus sentimentos. Ele arfava, no final, apesar de ter falado tão pouco. Teria ele também sentido uma emoção forte como eu senti?

Paro a picape na frente da porteira e desço apressado sentindo a chave queimar minha perna. Desde hoje cedo ela é meu troféu, a identidade do sucessor, filho mais velho. Estaciono debaixo da figueira, onde minha madrinha me disse, É sua. O início de seu rebanho. A vaquinha jersey desceu devagar pela rampa e exerceu sua mansidão cheirando com as ventas muito abertas as pessoas a sua volta. Não é a voz da Valéria? Olha a Vilma, mãe, deixou a porta do paiol aberta e agora tem uma montanha de galinhas lá dentro. Bem aqui.

Digo à Esperança que vá na frente e lhe ofereço a chave. Preciso dispensar o Nivaldo, que ficou tomando conta da casa. Os cachorros aparecem farejando nossas pernas e pulando em nossa volta, como doidos, mas doidos mesmo de saudade. A Esperança diz que não. E seus olhos irradiam um brilho que muitas vezes já vi, mas jamais com esta intensidade. Em nossa casa, ela me diz segurando com força a mão estendida com a chave, nós vamos entrar juntos. E me acompanha até o alpendre onde o Nivaldo já está de pé a nossa espera. Ela não pretende me largar e isso me agrada, isso me dá um prazer imenso.

Os cachorros saem aos pulos e jogando latidos para cima e para os lados, investindo contra todos os fantasmas que passaram por aqui durante nossa ausência. Nós nos olhamos rindo desta ferocidade inútil dos cachorros. Então a Esperança me pergunta se não notei que até mesmo Nivaldo nos recebeu com um sorriso colado no rosto, um sorriso cheio de malícia, quer dizer, então, que vocês dois, hein, esta noite. Concordo com ela. E acrescento que me sinto um pouco acanhado, com isso, mas principalmente quando pessoas que eu nunca tinha visto me davam tapas nas costas e afirmavam que é hoje, hein, Venâncio. Existe uma malícia, digo à minha mulher, um despudor nas expressões, alguma coisa que me incomoda. Parece que estamos anunciando o que vai acontecer na cama. Há assuntos que só se deve tratar entre quatro paredes, não acha? Quando falo entre quatro paredes ela avança no meu pescoço com as mãos e me oferece os lábios como flor que desabrocha.

Subimos os três degraus de pedra, eu na frente, e tiro a chave do bolso como alguém que exibe seu distintivo de autoridade. Minha família deve estar ainda no baile, e o Nivaldo a esta hora já deve estar em casa. Então, antes de abrir a porta, envolvo o pescoço da Esperança com meus braços, e nos beijamos demorada e furiosamente, como se fôssemos fazer amor aqui mesmo. Minhas mãos não se contêm mais e começam a ousar outros caminhos aqui mesmo, ao ar livre e expostos ao terreno deserto a esta hora. Minha mulher livra-se de meus lábios e me pede para entrarmos logo.

Entramos com pressa, e Esperança cochicha que já está toda molhada. Não gasto pensamento com a ideia de que tomamos posse de nós mesmos ao entrar na casa que é nossa e onde tudo o que fizermos será apenas entre nós dois. Agora ninguém mais pode interferir em nossa vida, pois somos uma unidade onde só um filho pode intrometer-se. E é isso o que mais queremos agora. O mundo aderna para um lado, para outro, oscilante, e caímos na cama grudados, sem a menor noção da aragem fria que invade o quarto pelas frestas da veneziana.

CAPÍTULO 8

As pessoas todas da fazenda já estão deitadas esperando o sono, e carregam para o dia seguinte seus problemas e suas esperanças.

Anda logo, Nâncio, a comida esfria. A comida esfria, a comida esfria. A cabeça não se move, o corpo, senão os olhos, não reage.

O mundo está fechado em couraça de silêncio. O próprio vento desiste de chiar nos galhos do oiti.

Eu falo já meio arrependido de estar falando, porque pressinto o estrago de minhas palavras no semblante abatido do meu pai. Me posto em sua frente e chamo, Meu pai, e ele para no caminho interrompido por mim. Estamos os dois protegidos de chapéu na cabeça, o dele mais desabado que o meu, debaixo de um céu muito distante no seu azul nítido de metal. O sol continua do lado de trás do morro, cuja auréola anuncia o início de sua jornada. Não sei bem o que dizer ou se devo, mas é impossível desistir de tudo depois de uma única tentativa. Primeiro meu pai tosse um pouco, como é seu costume limpar a garganta dos pigarros. A pouca claridade não me impede de ver seu rosto recém-amanhecido, com este ar permanente de um desagrado sem-fim.

Fale, rapaz. E se aquieta debaixo de seu chapéu ríspido, depois de cumprida sua parte de pai. Fale, rapaz! E a frase arranha meu rosto, me corta como a brisa ainda bem fria da madrugada. É uma permissão, o que ele me dá, autorização para que eu lhe dirija a palavra, como qualquer subalterno, apenas um rapaz, que ele quer fazer de herdeiro, sem outro motivo além do resguardo da tradição.

Os cachorros chegam festejando com muita inocência nosso encontro. Eles devem estar vindo do curral, onde a Vilma a esta hora já está ajeitando seu povo leiteiro. O mesmo faz a Esperança na mangueira à entrada do campo. Acho que meu pai esteve inspecionando os chiqueiros pela direção de seus passos antes de parar interrompido por mim, que chamei, Meu pai. O chapéu dele, este de feltro, está bem velho, descaído como um desânimo de forças. E ele disse, Fale, rapaz. Mas então já estou arrependido de ter começado e sem meio de voltar para meu sossego. Que é o sossego de toda a família.

Escondido na copa do oiti, um bem-te-vi se põe a xingar o mundo, o silêncio do céu, a algazarra dos cachorros, a manhã que não tarda, e todos os seus afetos e desafetos. Ele grita com os pulmões inflados uma nota ardida, seu modo de muitas vezes me acordar sem necessidade. Junto uma pedra e jogo em sua direção, para alegria dos cachorros que se põem a latir contra a árvore com uma alegria de quem dormiu bem a noite toda. O bem-te-vi voa assustado, e está salvo o sono da Ivone.

Do curral chegam os gritos furiosos da Vilma, que deve estar brigando com uma das vacas. Ela não admite desobediência. Os cachorros querem participar da briga e saem latindo ao encontro da Vilma, pois sabem que lá a noite foge ao som do esguicho branco do leite no fundo do balde. Nós dois olhamos para o curral à espera da continuação, que não vem. Estamos um na frente do outro a uma distância razoável, porque entre pai e filho, dos de nossa estirpe, deve ser mantida sempre uma distância razoável. Quando dirijo o caminhão com meu pai ao lado, na boleia, dificilmente olho para ele por causa disto: a pequena distância. Olhar de muito perto é como envolver-se, entrar pelos olhos e ler o fundo do poço. Fale, rapaz. Meu pai. Nossas palavras, como espadas de aço ainda refulgem no ar gelado, mas nem ele tampouco eu ousamos avançar. Nós já sabemos o início e o fim da conversa. Sei que apesar disso é preciso continuar. E me preparo com o ruído da expulsão de um pigarro.

Começo outra vez pela alegação de que trabalho há mais de cinco anos para ele, pai e patrão, e que nesse tempo todo nunca tive o gosto de dizer isto aqui é meu. A exceção foi a vaquinha jersey, presente da tia Célia. Relanceio os olhos pelo semblante que o chapéu nem a claridade muito reles ainda conseguem esconder. Meu pai começa a tossir e eu paro cheio de respeito pela bronquite que me viu nascer. O ar. De repente seus olhos se esbugalham e o ar não chega ao fundo dos pulmões. É uma crise. Espero que ele se acalme para terminar logo com este encontro incômodo. Seu rosto vai voltando ao normal, sua respiração silencia, mas o rosto, desfigurado, me desencoraja de recomeçar o assunto. Deixo a palavra com ele.

Então meu pai, depois de um breve descanso, diz o que sempre disse. Meu filho, nossa família é como uma pessoa só. Os cachorros passam correndo com as caudas desfraldadas na direção do pomar. No alto da laranjeira, iluminado pelo feixe de luz do farolete, eu via os dois olhos redondos num tal desânimo que me senti bem perto de um assassinato. Ele não se mexia, impotente. Talvez previsse o desfecho daquela aventura, que era o desejo de matar a fome. E os olhos, reparando bem, eram humanos, redondos humanos, e não piscavam, atentos ao que se passava ali debaixo dele. Não tive coragem de puxar o gatilho e baixei o cano da espingarda. O que é isso, agora? Meu pai, com seu pensamento prático e rápido, um pensamento plano que não conhece arrependimento ou remorso, seu pensamento de um rumo só, meu pai não me entende e se espanta. Meus olhos, ardendo. Boto a culpa na fragilidade da matéria, algum defeito, porque nisso não cabe discussão. Quase nunca. Eu vi o brilho de lágrimas nos olhos dele? Me parece que sim. Mas então surgiu da noite a Valéria com um pescoço destroçado dependurado pelas pernas rígidas.

Já é a testa do Sol espiando por cima do morro, sua beirada, e a Valéria sai do paiol carregando o milho debulhado no avental preso pela barra inferior. Não podemos ficar aqui por muito tempo, todos temos nossas obrigações. Respiro e falo, Meu pai, separa minha parte da fazenda, e eu vou trabalhar por minha conta. Me parece que vejo o brilho de lágrimas nos olhos dele, que disfarça acompanhando o caminho da Valéria na direção do galinheiro.

Ele sacode a cabeça com imenso desânimo como se fosse desabar com seu corpo inteiro a meus pés. Meu filho, e sua voz não tem o império conhecido desde minha infância, você está comigo, trabalha comigo, mas não é para mim. Tudo que tem aqui, tudo que se faz nesta fazenda vai ser seu. Tudo o que é meu é também seu. Que história é esta de trabalhar por minha conta, Venâncio, que história é esta agora? Sinto que sua voz treme e acho que é por causa de minha insistência. Suas irmãs vão pertencer a outras famílias e os maridos delas devem prover sua subsistência. Se você quiser fazer como eu, no meu tempo, fiz, pode dar uma ajuda a elas, se precisarem.

Tenho mulher e filho, meu pai, pelo menos um salário o senhor podia me acertar. A satisfação de nossas necessidades não pode ficar dependendo de seu mando. Um salário, pelo menos. Ele se espanta, levanta um pouco o chapéu para coçar a cabeça. Eu sou pai, não sou patrão. E vocês são a minha família, entende? Tem alguma queixa, alguma coisa que vocês querem e não têm? Eu deixo de atender a qualquer pedido de vocês?

As galinhas saem das árvores, do galinheiro, vêm correndo com estardalhaço do campo, de toda parte, porque é a hora do milho, e Valéria chama prrr-pi-pi-pi-pi, chamado que todas elas, desde os tempos em que não passavam de pequenos tufos amarelos, já conhecem. Elas batem as asas na corrida, e reclamam aos gritos, pois pertencem a uma família em que ninguém guarda o lugar de ninguém.

É tudo de quem chegar primeiro. Mas bem que o senhor ouviu a Valéria dizendo que o Ricardo não concorda com o sistema da família. Meu pai ergue um braço fraco, lento de pesado, para limpar do rosto tanto desgosto. Enquanto eu estiver vivo, preste atenção, enquanto eu estiver no comando, só entra em nossa família quem concordar com nossas regras. Outra hora a gente se fala melhor. Ele dá um passo para se desviar do meu corpo plantado em seu caminho. Hummmm hummmm é seu jeito de encerrar qualquer assunto. E avança com passo inseguro, mas rápido. Tenho a impressão de que arrasta as botas na terra seca. Ele segue diminuído em sua estatura, sem a cabeça erguida como viveu até aqui. Quando passa pela figueira, antes de entrar em casa, a Valéria abandona as galinhas a suas próprias bicadas e grita qualquer coisa na direção dele. Meu pai continua andando e não responde, então sinto remorso por ter arruinado assim o dia de meu velho. Mas por que ser tão cabeçudo, tão empedrado numas velharias familiares que não podem mais continuar? Ele é um caroço de pêssego: duro por fora e amargo por dentro. E agora ele está mais velho do que sempre esteve, um velhinho arrastando as botas na terra seca, mas tem o comando e dele não abre mão.

Espero parado no meio do caminho até ver meu pai velho sumir dentro de casa. Então resolvo dar uma espiada no mangueirão atrás do curral pra ver se a Esperança, mas ela já vem com uma vasilha de leite na mão. Ah, sim, é um balde com a espuma branca transbordando. Quantos anos a Esperança vem fazendo queijo com as sobras do leite e a nata que ela bate, bate, bate e de tanto bater vira manteiga e nós repartimos e ainda vendemos na cidade, uns cobrinhos que a gente foi juntando, tudo escondido no banco, guardado.

O Sultão vem à frente fingindo que está comendo o vento. Eles voltam tão alegres como foram e acham que não há nada de estranho no pomar, mas eu não concordo, porque no alto de uma laranjeira. O Sultão vem pular querendo lamber o meu rosto e acho que ele está com saudade das nossas caçadas. Já faz bom tempo que não saímos pelo campo. Ele sempre o primeiro, no faro, então, o Sultão descobre uma lebre a mais de um quilômetro e late picado, espaçado, sem parar seu galope. Lebre não corre morro abaixo porque não tem velocidade. Ela dá sempre um jeito de correr pra cima, porque aí não tem cachorro que a alcance. Eu acompanho na pontaria e era uma vez. Não perco tiro. Mas era um rosto no lugar daquele focinho. E os olhos redondos me fitavam com a tristeza de quem sabe que vai morrer. Por isso abaixei o cano da espingarda, e meu pai oferecendo o farolete erguido, toma, deixa que eu atiro. Mas o que houve?, em sua admiração. Foi aí que eu vi o vulto da Valéria chegando da noite mais preta e ela trazia um pescoço destroçado pendurado pelas pernas. Então não tive dúvida. Olhei pra cima e não vi mais do que um vulto escuro. E o tiro foi repetindo pelos morros todos, de acordo com a distância, até que a noite voltou ao seu normal, mas o cheiro da pólvora, um cheiro enérgico, tão útil, estragou-se com a catinga do gambá, que na queda veio arrastando gravetos secos e caiu balofo no pé da laranjeira.

CAPÍTULO 9

O mundo está fechado em couraça de silêncio. O próprio vento desiste de chiar nos galhos do oiti.
Uma brisa branda e fria encrespa as folhas do oiti e aviva a brasa do cigarro, jogando a fumaça nos olhos muito abertos e parados, que não sofrem, mas lacrimejam com abundância.
Anda logo, Nâncio, a comida esfria. A comida esfria, a comida esfria. A cabeça não se move, o corpo, senão os olhos, não reage.

A cozinha dorme com a porta e as janelas abertas, um sono com cheiro de limpeza de cozinha, lavada e escovada. Já estou atrasado, por isso entro com o barulho seco das botas no soalho. Aqui não está minha mãe. Me afundo pela porta que liga ao interior da casa e na sala encontro a Valéria com a mesa coberta de panos. A Valéria se dedica muito feminina ao enxoval. Na primavera ela vai casar. As janelas da sala estão abertas e os móveis se iluminam com reflexos que trocam entre si. A casa toda não faz mais barulho do que duas, três moscas procurando comida, voo inútil em círculo no ar parado da cozinha lavada e escovada.

Pergunto se ela não viu a mãe por aí. A Valéria não ergue a cabeça fingindo concentração. Ela segura com os lábios um feixe de alfinetes e de vez em quando pega um deles e enfia num pano branco imenso, um mar de pano. Acho que está fazendo barra em um lençol. Tenho de repetir a pergunta com voz de herdeiro, o futuro proprietário, então imito a voz de meu pai. Com dois dedos em pinça, ela recolhe os alfinetes e os joga na cesta de costura dentro de uma caixinha metálica. Escuta aqui, seu estúpido, então não vê que eu não podia abrir a boca? Seus olhos lançam fagulhas na minha direção, os dois olhos da Valéria, eles sempre me hostilizaram. Não sei a razão, nunca soube, nem jamais fiz muita questão de saber. A vida toda me pareceu que a agressividade faz parte da sua natureza. Ela, a caçula, que foi lambida por todos, que se lambuzava na baba da família inteira, nasceu com vontade de brigar. Com a Vilma ela age da mesma maneira. Quando pequenas, de cada meia hora elas brincavam dez minutos e brigavam o resto do tempo. Provocação dela, quase sempre.

Acaba dizendo que a mãe está na horta e viro as costas, porque já estou atrasado. A esta hora já era para estar com o caminhão na estrada. Preciso fazer duas viagens ainda hoje. Meu pai saiu com a peonada quase toda no trator puxando a carreta para quebrar milho porque estão anunciando chuva. Preciso levar cento e vinte sacos do cereal para o armazém da cidade. E o que é que você quer com a mãe?, ela me pergunta pelas costas. Paro no limiar da porta e me viro. Tenho muita vontade de não responder, mas isso é uma sutileza em que não tenho muito treinamento. Ontem de noite, ela me disse que precisava ir ao médico. Umas pontadas do lado direito. Você está sabendo se ela quer ir agora? Depois do almoço dou outra viagem. E por que eu haveria de saber? Vai perguntar pra ela. Então não resisto e, apesar de não conhecer muito bem as palavras de briga, respondo ofendendo, E você, por que é que não vai ajudar na debulha? A Vilma está lá sozinha comandando aquele povo todo. A queridinha da mamãe tem pressa de terminar o enxoval, é?

Minha irmã caçula joga os panos que tem no regaço sobre a mesa, arreda a cesta de costura, abre uma clareira na concentração e se levanta. Ela está trêmula, que eu vejo. Acho que no movimento brusco um de seus dedos se feriu em algum alfinete perdido no meio dos panos. Ela enfia o dedo na boca, chupando o sangue. Seu rosto está um braseiro e crepita.

Você, ela pronuncia com a voz distorcida em falsete, você acha que alguém aqui desta casa vai concordar com o papai? Dou um passo de volta para o meio da sala. Vai concordar com o quê? Ela sai de trás da mesa, que contorna, como se fosse me enfrentar numa luta corporal. O Ricardo disse que, se você receber salário, eu e a Vilma temos o mesmo direito.

Pego de surpresa, adivinho bem rápido uma traição de meu pai. Ele não agiu com lealdade e foi consultar os outros membros da família. Até o Ricardo já está metendo o bico em nossos assuntos. É claro que eu preciso de uma confirmação e pergunto, Mas como é que você está sabendo desse assunto? Um sorriso baboso, escarninho, aparece em seu rosto, um sorriso de lábios secos e boca torta, com os olhos espremidos dentro de suas órbitas. Ela sente-se vitoriosa ao dizer, Pensa que o papai não conversou com a gente?

É minha vez de tremer. Não fui criado para brigas, tenho muita dificuldade para dizer meu pensamento, e isso me dá uma fraqueza nas pernas como se estivesse caindo, caindo sem parar. Meu estômago escurece, azedo, e meus olhos se cobrem de nuvens. E o que o Ricardo tem a ver com este assunto?, é o que consigo finalmente perguntar. Parece que ela já esperava essa pergunta porque responde com palavras que já estão na boca. O Ricardo tem tanto direito como a Esperança. Ele já é da família. E tem mais, ele disse que não vai aceitar esta estupidez de herança que existe na nossa família.

A ideia de que já estou atrasado não me solta o pé, puxando para fora da sala. Ao invés de sair, contudo, dou mais um passo na direção da Valéria. Pois olha, minha irmã, se o Ricardo não concorda, pode jogar fora seu enxoval. Ela volta a ficar muito vermelha. A três passos dela sinto seu calor. Você é um idiota, que não sabe o que está dizendo. É minha vez de sorrir e abro os lábios fingindo um sorriso que não existe. Então pergunta pro meu pai. Ele disse que em nossa família só entra quem concorda com suas regras. Bem assim.

Mentira, a Valéria grita e foge correndo pelo corredor na direção do quarto, sabendo que é verdade. Na fuga, ela deixa um rastro de lágrimas, que, um pouco mais ácidas, deixariam buracos no soalho.

Encontro minha mãe na porta da cozinha, cheia de luz na cabeça e as mãos cheias de coisas verdes. Nem alegre nem triste, como sempre, apenas existente. Ela entra como se estivesse com pressa e me dá bom-dia, meu filho, sem parar e acho que está com as mãos cansadas, pois vai até a pia, onde depõe suas verduras e legumes. Eu sei que estou atrasado, por isso pergunto com poucas palavras sobre o médico e ela diz que não, que amanheceu bem melhor, outro dia quem sabe, mas agora vai, meu filho, vai, que se tivesse de se aprontar ia demorar muito. Vai, meu filho, vai com Deus.

Confiro a carga, sua firmeza debaixo das correias e acho que está tudo em ordem. Uma filha do Nivaldo, vendo que subo à boleia, corre a abrir a porteira. Passo por ela agradecendo com uma continência. A menina ri contente com o que está fazendo.

A conversa com a Valéria não me fez bem. Apesar do estouvamento, gosto da minha irmã. Mais da Vilma, é claro, que sempre me tratou melhor. A Valéria nunca deixou de ser uma criança mimada e acha que pode dizer o que lhe vem à cabeça e acaba ofendendo a gente. Mas eu não precisava ter pisado como pisei. Ela saiu correndo e chorando para o quarto. Não quero saber das tradições da família, isso não pega mais. Nem por isso preciso chutar desta maneira minha gente. Eu tenho esse defeito. Muito ruim de palavras, numa discussão, afirmo coisas em que não acredito, defendo posições contrárias ao meu pensamento.

Agora estou com pena da Valéria. Ela saiu chorando pelo corredor e foi se fechar no quarto. E a culpa foi minha. Desgraça de vida, esta, em que o sonho de uns é o pesadelo dos outros. Seis anos trabalhando para meu pai e eu sei que, com a falta dele, as meninas vão exigir uma partilha de acordo com a lei. E concordo com elas. E é por isso que me sinto empatando tempo aqui, trabalhando como qualquer empregado, mas sem salário. Preciso dar um jeito, encontrar uma solução. Sem um futuro mais claro, acabo desanimando, sem vontade de fazer nada além do que manda meu pai.

Os morros já não estão verdes como alguns meses atrás. Nem os campos. As chuvas já vão diminuindo. O rádio estava anunciando chuva para estes dias. Se tudo correr bem, em dois dias deixo o paiol livre para o que falta colher. Esta caminhonete aí é do seu Nicanor, nosso vizinho dos fundos. Vem com a carroceria lotada. Ele cria porco e mistura ração comprada com produtos que colhe. Se meu pai deixasse, eu também ia fazer umas experiências com porco. Hoje existem raças rústicas muito resistentes e de boa carne. Uma vez disse isso a ele. Começou a tossir, me olhou estranho e decretou, criação de porco não é negócio. Só pra consumo. Hummmm hummmm. Ele acha que só me preocupo com besteira. Já chegou a dizer isso mesmo. Que preocupação de homem é com o sustento da família.

A Valéria me ofendeu, mas ela sempre me ofende. Eu deixei que ela se acostumasse assim. Era uma irmã mais nova, uma pirralha que todos nós vivíamos lambendo. Eu não precisava ter dito o que disse. Que jogasse fora o enxoval. Mas meu pai, também. Que merda de vida.

Às vezes me dá vontade de sumir pelo mundo. Na cidade ou na roça, em qualquer lugar eu trabalho. Se não fosse a Esperança e a Ivone, ah, já tinha desaparecido. Com elas atrás de mim, ah, isso não posso fazer. Nós três, estrada afora, passando frio de noite, debaixo de uma árvore, a Ivone chorando com fome. Ah, não, só de pensar umas coisas assim já me aperta a garganta e não consigo segurar as lágrimas. Vai na manga da camisa mesmo, porque lenço eu não uso.

CAPÍTULO 10

Anda logo, Nâncio, a comida esfria. A comida esfria, a comida esfria. A cabeça não se move, o corpo, senão os olhos, não reage.

O mundo está fechado em couraça de silêncio. O próprio vento desiste de chiar nos galhos do oiti. O mundo não existe mais.

Ainda ontem falei a meu pai dos apertos, as queixas da Esperança, até hoje com as roupas de solteira. Ele ouviu com um olho mais fechado do que o outro, a cabeça meio adernada porque é um assunto antigo, este, e que o incomoda.

Pois hoje de manhã, à mesa tomando café, a Vilma enfiou a cabeça pela porta e disse, o pai quer ter assunto com você. A Esperança me encarou com uma ruga na testa, muito séria, mas serena. Ela já sabe no geral minha opinião, ou opiniões a respeito de continuar como empregado sem salário. Terminei o café e não demorei muito nem saí correndo. Meus passos atravessam o terreiro compassados e duros enquanto minha cabeça dá suas voltas pelas infinitas possibilidades. Que poderá ele querer a uma hora destas, quando eu deveria estar ordenando os peões, o rumo de cada um?

À porta tiro o chapéu para cumprimentar. A Valéria empina o nariz farejando carniça, adivinhando desgraça. Finjo que não percebo sua cara de desagrado. Os outros, entretanto, me respondem com respeito, principalmente minha mãe, que me pergunta se já tomei café e insiste para que eu coma um pedaço de um bolo de fubá, que ninguém consegue fazer igual ao dela. Agradeço com muita cerimônia. De uns tempos pra cá não consigo deixar de me sentir estrangeiro nesta casa. Não entro sem pedir licença, me comporto como se não conhecesse as pessoas.

É meu pai quem diz que eu o espere na sala: ele está terminando o desjejum.

Sento virado para a porta, por trás da mesa grande da sala, não gosto de ser surpreendido. Minha mão direita segura o chapéu em cima da mesa e mal tenho tempo de desfilar duas, três ideias absurdas pela cabeça, meu pai aparece. A primeira visão que tenho é de um homem velho, meio quebrado, erguendo a mão com um chicote para castigar um filho jovem e rebelde. É uma ideia tola, mas que mexe com minhas veias, que se dilatam no pescoço. Depois já não é um velho, ele é um homem forte que está preso na ponta de uma vara que fura seu peito. A mão direita, a do chapéu, já está suando. Hoje o pai não está tossindo, o tempo está bom. Desde criança, me lembro, meu velho é um verdadeiro higrômetro.

Agora, com ele ocupando o vão da porta, entre as pontas de nossos olhos (os meus muito agudos) apenas o ar com as respirações noturnas, um ar parado ali preso na sala. Na penumbra. Por que meu pai não tem pressa? Me representa que ele está parado desde outros tempos, ocupando a porta, ele não se mexe. Estou com as duas mãos encharcadas de suor, um líquido pegajoso que poreja na maior parte da superfície do meu corpo. Sou um rato impotente, e o gato pretende levar à exaustão a brincadeira em que seu poder se manifesta na capacidade de torturar. Mata como se estivesse apenas brincando, sem querer matar.

E da altura das paredes muito altas, espiam à minha direita rostos antigos e imovelmente concentrados, todos eles me observando com ar condenatório por causa de suas gravatas fúnebres. Desvio os olhos para a parede e tento me lembrar do nome de cada um, mas eles me fogem, pois não há mais diferença entre um rosto e outro, fundidos e sem nome, exceto o mais próximo, que ainda é meu pai, o mesmo que da porta da sala me observa. À esquerda, as janelas ainda seguram o dia do lado de fora. Me dou conta de que meu pai vem na minha direção e estou preso no raio de sua visão, prisioneiro, cada vez mais perto e sem tossir. Enxugo minhas mãos na calça enquanto ele puxa uma cadeira e senta na minha frente.

De quanto vocês estão precisando?, é a pergunta que ele me joga na cara, com certa violência, a violência de quem manda. E eu mudo, estupefato, não sei o que responder, pois é um assunto que ainda não me calhou na consciência, Como assim?, me espanto sem saber o que deva responder. Ele abre uma gaveta da cômoda ao lado e retira um talão de cheques e o larga na tampa da mesa. Minha irresolução, para meu pai, não deve causar estranheza, pela opinião que em geral ele tem de mim. Então, vendo-me incapaz de dar seguimento ao assunto, ele toma a iniciativa e, quase como uma provocação, diz, Você não disse que estão sem roupa e mais uma porção de coisas? Pois então, de quanto mesmo vocês estão precisando?

Estávamos medindo mais uma vez a várzea debaixo de um sol bem pouco empenhado em aquecimento. As medidas são feitas quase todos os anos, duvidando-se num ano da exatidão do que se fizera no anterior. Agora havia mais uma razão: tanto nas cabeceiras quanto nas laterais mandei que se botasse abaixo uns restos de capão ralo e umas capoeiras que só serviam para criar cobra e lagarto. Meu pai então disse, Não, aproveita-se para conferir todas as medidas.

Na caminhonete peguei caneta e caderno. Um quadrilátero de oitocentos e vinte por trezentos. Essa foi a parte mais rápida para medir. As irregularidades, aí sim, medir triângulos, dividir por dois, somar os metros até chegar a um total que se juntasse ao quadrilátero maior. Meu pai, a meu lado, observava meus números e sacudia a cabeça. Não confiava muito em meus conhecimentos, mas dependia deles para tomar suas decisões. Por fim, concluí: trinta e cinco sacos de semente cobrem a várzea. Ele esticou o lábio inferior, descrente, e reforçou a descrença com as sobrancelhas erguidas. Dei a partida e pegamos a estrada.

Ele vinha pensando nas despesas. E mais o adubo, o trabalho, não sei, não. Nossos vizinhos há muito tempo vinham usando a plantação de soja na rotação de culturas. Meu pai relutou durante muito tempo, mas rendeu-se. Por princípio ele refugava as novidades, e soja, em sua fazenda, nunca tinha entrado. O resultado obtido pelos vizinhos foi que o convenceu. Por isso fui incumbido de estudar essa cultura.

Já vínhamos subindo a ladeira por trás do pomar quando, depois de alguns minutos sem nenhuma palavra, me lembrei do pedido da Esperança e espetei, Olha, pai, a gente está precisando de algumas peças de roupa, principalmente a Ivone. Ele, que decerto vinha pensando no quanto precisaria investir na nova cultura, assunto de arranhar seus nervos frágeis, botou o pigarro pra fora, me olhou e me jogou no rosto, Mulher bem gastadeira, é sua esposa, meu filho. Isso é falta de rédea, rapaz, falta de rédea. Um homem sabe quanto custa juntar, e elas jogam tudo pela janela, se a gente deixa. E não falamos mais sobre o assunto.

Aquilo foi um recuo na minha vontade, um baque, por causa da grande vergonha que então senti. Não querendo ver a desunião na família, escondi por muito tempo o que meu pai tinha dito. Justo ele, foi Esperança quem disse, dois anos depois. Justo ele. Ela sabia dos elogios à minha escolha, quando falei a ele pela primeira vez em casamento. Filha de um amigo seu, com quem fez o serviço militar. Desde então visitas esporádicas por causa da distância, mas visitas de grande prazer por causa da estima que se dedicavam.

Agora ele chega e diz, De quanto vocês estão precisando?, como quem diz, O que eu tenho dá e sobra para os caprichos e luxos de sua mulher. Responder o quê? Me atrapalho com as palavras, jeito meu que bem conheço. Acho difícil botar pra fora todas as asperezas que me ralam por dentro do peito. Não é assim, meu pai, não é assim que nós queremos a vida. Vivendo como se fosse por uma permissão de sua caridade. Assim não. Apesar de sua opinião a respeito de seu filho, quero a soberania sobre os meus, esta minha família. Este talão de cheques aí na sua frente é mesmo que relho de feitor, quando os negros se recusavam a comer batata doce pútrida atirada ao cocho. Um controle, o poder de comandar. Penso, mas calo.

Querendo responder, ainda que de boca vazia, ergo os olhos com esforço da tampa da mesa para só então perceber que estamos os dois sob a vigilância da Valéria. Apenas mostra a cabeça no vão da porta, mas é na cabeça que estão olhos e ouvidos. E tenho a impressão de que ela se alonga com os sentidos acesos, descobrindo tudo o que se passa entre nós dois, não lhe escapando mesmo meus pensamentos. A Valéria me deixa nu na frente dos outros, e isso me incomoda. Em vez de dizer alguma coisa, como espera meu pai, fecho ainda mais a boca para não satisfazer a curiosidade da minha irmã. Meu pai descobre a direção de meu olhar e vira a cabeça. A cretina some da porta e ouço os passos de pressa com que ela sai para o terreiro.

Não, meu pai, a gente não está precisando de nada, por enquanto.

Ele brinca um tempo com o talão entre as mãos, se aquieta, me olha calado. O olho direito está encolhido e um canto da boca repuxado. Posso adivinhar o que está pensando, e sei que não é nada favorável a mim. Por fim, ele se levanta, Então, se é assim, e guarda o talão na gaveta de onde o havia tirado.

Saio atrás dele, atravesso a cozinha e mergulho na claridade do terreiro. Tenho um corpo pesado, que mal se move e uma boca amarga, inteiramente vazia. Sinto que muitos olhos me perfuram as costas, principalmente porque minhas pernas estão um pouco arqueadas, como as pernas de quem acabou de sofrer uma derrota.

CAPÍTULO 11

Couraça de silêncio, o mundo, o próprio vento desiste de chiar nos galhos do oiti. O mundo não existe mais. Nada mais existe além do frio que deixa entanguidos os braços de Venâncio, que agora é apenas um corpo e alguns de seus sentidos.

Só nós dois na cabine, voltando da cidade, meu pai cogitando seus assuntos muito concentrado, acho que até um pouco tenso, porque não se mexe, quer dizer, se mexe muito pouco, bem como se tivesse de vigiar a estrada o tempo todo. Uma obrigação que é só minha. Depois de uma quietude de muitos quilômetros, porque o ruído do motor acaba sendo parte do silêncio, meu pai se voltou pra mim com certo orgulho que adivinho em suas feições. A soja, ele diz, e pigarreia para falar um pouco mais. Foi muito bem este ano. Hein, que é que você acha? E a soja, ele sabe, foi invenção minha. Com este assunto, parece que ele está querendo me atrair para a vida possível na fazenda, porque um dia isto aqui tudo será meu.

Minha concentração na estrada se prejudica um tanto por causa de pensamentos que não controlo. Sinto que ele faz de tudo para me prender, por isso acho que não tem hora melhor para dizer as coisas que ele ainda não sabe, os assuntos de que venho mantendo segredo. Eu olho para o lado dele e percebo que seus olhos estão colados em mim, com suas pupilas dilatadas e negras brilhando como dois sóis. Ele me examina pretendendo descobrir meus pensamentos. Então preciso falar logo, antes que ele descubra tudo sozinho, o que pode ser bem pior.

    O caminhão começa a trepidar e pular porque não consigo ver direito o caminho por onde vamos. Os campos que correm ao lado da estrada, as árvores em fila acompanhando a cerca, os coqueiros tortos e as mangueiras solitárias, nada eu vejo, senão com a memória. Você podia pelo menos desviar dos buracos, ele comenta aos solavancos, a cabeça por muito pouco não batendo no teto da boleia. É dia claro, coisa de umas onze horas apenas, e vivo uma escuridão bem noturna, com meus olhos meio inchados e prestes a lacrimejar. Me conheço. Alivio o pé direito e procuro enxergar melhor os detalhes da estrada à minha frente.

    Pro ano, ele quem recomeça calmo, quase sedutor, a gente prepara a encosta sul do Morro da Formiga. Mês que vem mando encoivarar aquele lado e o restante do trabalho fica por tua conta. Ele é o centro, e sua força é centrípeta. Continua falando de um futuro em que estou incluído como peça essencial e de tamanha importância a ponto de me dificultar qualquer recusa. Não posso deixar que ele continue fazendo projetos que me deixem sem saída.

    Meu pai, abro finalmente a boca e sinto que meus lábios tremem. A estrada, agora, é uma faixa de cor parda que se desenrola justo na nossa frente. Meu pai, preciso de um favor seu. De esguelha, vejo que sua cabeça está inteiramente voltada para mim, muito perto da minha, a ponto de ouvir sua respiração difícil. Seu rosto, até pouco tempo radioso, fica nublado e escuro. Atravessamos a ponte, e estou suado. Alguns minutos adiante vamos pegar a estrada da fazenda, e a conversa vai ficar ainda mais difícil quando entrarmos no território em que ele impera, os domínios que o direito familiar lhe outorgou, por ser o filho mais velho.

Meu pai não vive no meu ritmo e não suporta minhas pausas. Minhas hesitações mais do que minha timidez são insuportáveis para ele. Então quer saber logo de que favor se trata. O suor que me escorre pelo rosto é uma traição do meu corpo. Ele, meu velho, descobre com espanto que estou ansioso e me pressiona ainda mais. Favor? A noite desce um pouco antes do meio-dia, com estrelas que se movem, estrelas fugazes, que nascem e desaparecem como fagulhas de um foguete.

Ao sentir muito frio na boca do estômago, começo a imaginar que não vou ter coragem de continuar o assunto. Por isso mesmo, por ter medo de desistir, é que falo sem nenhum controle sobre as palavras. Já escolhi uma fazenda e já conversei no banco. Só falta um fiador. E é isso que eu queria ver se o senhor podia fazer por mim.

Andamos coisa de uns cinco quilômetros só ouvindo nossos pensamentos misturados com o ronco rouco do motor. Entramos pela última reta para chegar à estrada da fazenda. Olhei meu pai e meu coração encolheu-se completamente gelado, agachando-se de medo. As lágrimas desciam-lhe pelas maçãs do rosto e perdiam-se em sua barba. Eu não sabia mais onde estavam minhas pernas, meus braços, e resolvi parar na beira da estrada, antes de despencar por algum barranco. Desliguei o motor e ficamos lado a lado, olhando o vazio que se estendia a nossa frente.

Estamos aqui parados há bastante tempo, então abro a porta do caminhão e desço para mijar. Minha bexiga está estourando, eu acho, ou o nervosismo é que me solta a urina. Aproveito para descansar a vista olhando ao longe o mato verde na encosta do morro. O mato está parado, nós estamos parados, o mundo começa a perder a velocidade. Ouço meu nome e volto para a boleia.

Meu pai já se refez e me encara com uma dureza maior do que é seu costume. Você quer ir, ninguém te segura. Vai. Você quer destruir a tradição da família, pois destrua. É a tua própria destruição que vai cavar. Você vai ser uma pessoa sem sobrenome, um zé-ninguém da vida. Vai, Venâncio, vai. Mas não conte mais comigo. Você que se arranje sozinho. Fiador seu é que eu não vou ser. Quer ir, pois que vá, mas sem a minha ajuda.

Ligo novamente o motor do caminhão e partimos. Eu não tinha muita esperança que ele me ajudasse. Quem insistiu para que eu falasse com ele foi a minha mulher. Ele tem a obrigação, ela repetiu ontem à noite. Não é seu pai? Pois então tem a obrigação.

Paramos debaixo da figueira e descemos cada um para seu lado. Já com o pé no estribo, olho para meu pai e seus olhos estão muito próximos um do outro. Então vejo surgir o vulto da Valéria com um pescoço pendurado pelas pernas. Os cachorros chegam pulando e sacudindo as caudas para nos receber. Estamos na casa de meu pai.

CAPÍTULO 12

Os ruídos todos da noite cessaram e a lua diluiu-se numa nuvem noturna.

Desde ontem carrego uma fanfarra dentro da cabeça, um tumulto de pensamentos que passam em rajadas, que não são meus, ou são e já não me conheço, alguém me habitando, alguma coisa diferente de mim, sem minha cara, e que me assusta porque perdi o controle do que pode e do que não pode, as fronteiras, e foi de ver meu pai chorando com lágrimas pesadas mergulhando naquela sua barba e lá desaparecendo, porém muito mais ainda pelo modo como ele se desfez de mim, Mas não conte mais comigo, você que se arranje sozinho, a Esperança foi que insistiu, ela que não conhece a dureza de um Pedroso como era meu avô e o avô do meu avô, aquela gente dura, e ruim, e esta tarefa de hoje não passa de castigo, todas as vezes eu dirigia o caminhão com meu pai, negócios dele na cidade, pois e hoje me botou no trator e levou o Nicanor com ele pra que eu sinta que já estou sozinho e na verdade não sei ainda como é que vou resolver, a Esperança também, como é que você agora vai resolver, mas este trecho de encosta aqui nunca vi, tem mais pedra do que terra, pois foi o que meu pai mandou lavrar, sabendo, como ele sabe, que o trator não cabe no meu gosto, porque isso não para, levanta, abaixa, desvia, levanta outra vez, para, e já estou ficando cansado, por isso tenho certeza de que foi uma espécie de vingança dele, que disse, Fiador seu é que eu não vou ser, meu próprio pai, com este colosso de terra, de sua por herança, o filho mais velho, então eu senti muito bem, quando chegamos e estacionei debaixo da figueira, senti muito bem que seu ódio por mim tornou-se verdadeiro porque ele nem se despediu, caminhando com todo seu peso nos calcanhares até desaparecer na porta da cozinha sem ao menos se virar só pra ver se eu continuava ali e eu continuei porque queria ver se ele olhava pra trás e não se virou, aqueles passos duros de salto de bota batendo na terra do terreiro, os gaviões já descobriram a terra revolvida onde vão procurar bicharada miúda pra comer porque até os bichos procuram seu rumo, os lugares onde a vida seja o avesso da fome e da fraqueza, agora um deles levanta voo com alguma coisa, sombra pequena, presa nas garras e é bem certo que vai levar para seus filhotes no alto do morro, seu ninho escondido dos nossos olhos, num assombroso de qualquer pirambeira, porque lá seus filhos esperam pacientes, pois ele sempre garante o sustento, caralho, acho que, por isso breco e desço, preciso examinar, parece que quebrei uma faca do arado, mas não, por sorte foi só de raspão, eu não tinha visto a porra desta pedra, mas foi só de raspão, toca passar por cima com o arado erguido, a Valéria, me lembro sempre da cara da Valéria, entre ela e a Vilma, minha irmã preferida, sempre bons amigos, a Valéria com sua cara que parecia um grito falando assim que o Ricardo não vai concordar, a burra, como se eu estivesse muito preocupado em manter qualquer tipo de tradição, por mim é que as tradições da família vão é pro diabo que as carregue, e a boba achando que me botava medo com a brabeza do Ricardo, falei aquilo de só quem aceita as tradições da família, falei aquilo pra espicaçar, porque eu sabia que ela ia ficar nervosa e parar de me encher o saco, ela vinha com um pescoço esfrangalhado pendurado pelas pernas, do frango, e os olhos pequenos, um pouco juntos, e agora já nem sei se ia ficar contente ou triste no caso de um acidente com os dois no caminhão, porque filho, filho, decerto já nem sou mais, pelo modo como ele se desfez de mim, Você quer ir, ninguém te segura, Vai, Você quer destruir a tradição da família, pois destrua, um modo raivoso de me despachar, me negando apoio porque pra mim eu quero uma vida diferente desta aqui, abrindo a terra, esperando a vontade do tempo, suando como um condenado, agora já é revoada de gaviões, no alto da laranjeira, no galho mais alto, os dois olhinhos cravados em mim, com medo, eu acho, porque dos cachorros ele parecia que estava era de zombaria, sabendo, com seus conhecimentos, que cachorro não é bicho de trepar em árvore, como é o gato, ele próprio e outros de andar pelas copas, mas aquele farolete na mão do meu pai, ah, aquele jato de luz que o prendia lá no alto, aquele ele não conhecia, e me pareceu que ele estava trêmulo de medo, uma pessoa e seria um crime, pois era o que parecia, e meu pai, também, podia sofrer um acidente, o modo como se desfez de mim, sendo ele o próprio pai, como pode ter ficado com tanto ódio nas feições, como se eu tivesse cometido o maior dos crimes querendo sair daqui, querendo trabalhar para mim e minha família, organizar meu futuro, fazer planos, nós dois, a Esperança e eu, nós dois não temos medo de trabalho, mas ficar feito escravo, apesar de filho, ah, isso é que não, vou é procurar meu rumo, senhor meu pai, procurar meu futuro em outro lugar porque aqui tem muito olho para satisfazer, epa, outra pedra, não, esta é pequena, e já consegui arrancar, pela altura do Sol, sei lá, acho que umas dez horas, vou parar debaixo daquela aroeira porque já está me batendo a fome, também um pouco de água por causa da sede, pois apesar do frio estou suando, por causa deste terreno maldito que tenho de arar com o trator pendido, de lado, para evitar que as chuvas carreguem a terra toda na enxurrada, então um corte na horizontal, mas pendido quase caindo, um trabalho duro, no meio de tanta pedra, isso só pode ter sido castigo, pensa que não vejo, sua vingança porque não quero continuar aqui, guardando as tradições da família e que eu vou ser um zé-ninguém sem sobrenome, grande merda, o sobrenome, se eu não trabalho, o sobrenome não me sustenta, ah, bem melhor na sombra com este maldito motor dormindo.

Da minha mãe, viúva e pequena, eu mesmo tomava conta, pois dela nenhuma queixa, apesar, uma vez que nunca expôs sua vontade, quase sempre de acordo porque marido é uma questão de respeito, mulher não pode ficar contrariando, então o que mais parece é que fica muda calada só para não descontentar o homem que a tomou por mulher e a quem deu três filhos, e do acidente, muitos diriam, Mas que interessante, mesmo assim não haveria a menor dúvida, de tão bem armado, só isso, Mas que interessante, e além de mim, nos lugares mais escondidos da minha cabeça, ninguém mais conhecia o modo como tinha sido apenas um acidente, e é claro que nunca eu teria a coragem e a estupidez de revelar como o acidente já estava no meu pensamento antes, bem antes de acontecer, mas será que eu teria coragem, de caso pensado, planejado, será, porque quando vi os dois olhinhos redondos brilhando na minha direção, aquilo sim, aquilo ia ser um crime, e um crime a sangue frio, se ele não tivesse feito nenhum mal contra mim, apesar da implicância dos cachorros, pois parecia que ele só quis descansar no último galho de uma laranjeira, com o rabo meio enroscado para ajudar no equilíbrio, que em galho tão fino não é lá grande coisa, mas meus olhos encontraram os dele e ele tinha umas feições que só agora sei bem de quem eram, e foi quando apareceu a Valéria com aquele pescoço destroçado pendurado pelas pernas, então não tive mais dúvida, ou se tive não me dei tempo de sentir outra vez que ia cometer um crime, e eu, que não erro tiro há muito tempo, puxei o gatilho e o estrondo do estampido rebateu num morro, depois no outro e assim o tiro da espingarda foi percorrendo a noite e o corpo desabou com barulho de um tapa no travesseiro, plof no chão, quase nas bocas cheias de dentes dos cachorros, e eu ia era cuidar muito bem dela, depois de deixar isso aqui para as meninas, porque a Vilma, precisando, em pouco tempo também está casada, ela que já tem enxoval pronto há mais tempo que a Valéria, porque só agora a princesa se lembrou de que precisa completar uma casa por dentro, que vai ser a sua e daquele Ricardo lá dela.

O suor aumenta com a água que tomei, agora pão com queijo e café, ninguém neste município faz um queijo igual ao da Esperança, qualquer tipo, até queijo estrangeiro ela faz, o que tem ajudado a gente em despesas miúdas, porque o dinheiro dele, como se fosse esmola, não aceitei, nem nunca mais aceito, e nem vir dar suas ordens ele veio, mandou a Vilma para o recado que ele disse assim que é pra você ir arando aquele eito de encosta onde vocês plantaram amendoim no ano passado, e que é pra você tomar cuidado por causa das pedras, e a Vilma não fez ar de deboche, nenhuma sobranceria, mas só tinha um ar bovino como das vacas de que tira o leite e um olhar descaído de tanta tristeza, eu sei muito bem quem gosta de mim, e isso eu sinto na Vilma e na minha mãe, porque ele, que é o pai, não se deu o trabalho de dar suas ordens, Ele, como as pedras da roça, de tanto orgulho o peito endurecido, ou então uma tocaia, mas isso não, o que está acontecendo, minha cabeça enlouquecendo, pelo menos mais um dia de arado por aqui, mas minha cabeça, o que está acontecendo com ela, acho que comecei a endoidar mesmo ontem, quando tive de fazer uma força maior do que meu corpo pra dizer que precisava de um fiador, acho que foi naquela hora que comecei a desvairar, porque eu já esperava mais ou menos sua recusa, mas não que se desfizesse de mim assim tão fácil, dizendo que eu me fosse e que não contasse mais com ele, isso sim, isso eu entendi como sendo uma declaração de que eu deixava de ser seu filho e ele de ser meu pai, nós dois agora estranhos um para o outro.

Chega de sombra, agora é tocar até o Sol no meio do céu.

CAPÍTULO 13

Os ruídos todos da noite cessaram e a lua diluiu-se numa nuvem noturna.

À direita, nos morros além do pomar, aparece no céu uma faixa leitosa, tênue, quase imperceptível.

Única neta, é isso, coisa do meu pai, a festa de aniversário. Mandou convite para o município inteiro, demonstração de grandeza para os de fora e, principalmente, para seu filho mais velho, candidato a sair de dentro. Tenho certeza. Mandou matar um novilho de dois anos e desde hoje de manhã trabalham duro para glória e honra dos Pedroso, nem à missa foram, eles todos. A Vilma apareceu bem cedo dizendo que a Esperança e eu precisamos participar do churrasco, que, enfim, a filha é minha, mesmo sendo neta do senhor Bernardo. Ela falou como se a festa fosse uma novidade para mim, que desde ontem acompanho toda a movimentação deles. Quem mais trabalha é a Vilma e minha mãe, coitadas, comandando as três esposas de empregados mais as pirralhas das suas filhas.

Aqui da janela aprecio o modo como o terreiro vai-se colorindo de carros e carroças, charretes e até caminhão, com as pessoas descendo com suas crianças de todas as cores. Quem primeiro chegou foi a tia Célia, minha madrinha. Estacionou a camionete no lugar de sempre, debaixo da figueira, e veio até aqui. Depois de botar seu presente em cima da mesa, ela me abraçou e me deu dois beijos estralados no rosto, abraçou e beijou a Esperança, então pegou a Ivone pelas axilas e a levantou muito alto. O presente era muito grande, por isso a Ivone nem sentiu que estava viajando no ar, a cabeça virada para o embrulho maior do que ela. Vem ver o que a tia te trouxe. E ambas, concentradas, iam desmanchando a embalagem até surgir um jipe de plástico azul, vermelho e amarelo. Um carrinho com pedais e roda de direção. Ivone se arrojou para dentro, com uma gula pela novidade que não é uma peculiaridade da nossa família. A madrinha ficou contemplando o espetáculo que ela tinha promovido com um embevecimento no rosto que a tornava mais bonita ainda. A Ivone dirigiu seu carro até perto da porta e não deu conta de esterçar a direção para vir de volta, então levantou-se, ergueu o carrinho e o colocou em posição para voltar. Chega de criança brincando com sabugo de milho, meu afilhado. Não aguento mais a bronquice deste povo.

    A tia Célia, a temida tia Célia, capaz de botar a família toda em crise com suas atitudes. Desceu os degraus da escada, dizendo que precisava cumprimentar o restante dos parentes. Ela olhou pra trás e me piscou um olho sorrindo. Logo depois dela começaram a chegar os outros convidados, parecendo que vieram em comitiva pela estrada, mas é porque a maioria deles vieram da missa. Nos encontros, gritos e abraços, os ditos divertidos no meio de gargalhadas. A Ivone já está lá na sede mostrando seu primeiro presente e recebendo com algum desdém os presentes que vêm chegando com os convidados.

A Esperança chega por trás e enlaça meu pescoço com o braço direito. Ela fica a meu lado apreciando o movimento, sem que os recém-chegados se apercebam de nosso posto camuflado de observação: as árvores nos protegem.

E a Valéria foi mesmo pra casa do Ricardo?, a Esperança quer saber. A Vilma disse que sim, que meu pai não fez cara muito boa e ficou resmungando que o mundo está perdido, pois onde já se viu moça de família se soltar pela estrada, sozinha como ela, para correr atrás do noivo. Não é a queridinha dele?, pois que engula o caroço do pequi. Saiu a cavalo ainda escuro, pra não encontrar ninguém. E você sabe quem é ninguém, não é mesmo?

A Esperança, com voz muito perto de meu ouvido, confessa que está pasma com a rapidez com que tudo vem acontecendo. Uma família unida, a de vocês, Venâncio, assim de repente parece que tudo desandou, que ninguém mais se conhece, como se uma nuvem de ódio tivesse baixado aqui neste terreiro de uma nuvem que passou. Terrível, como essas coisas pegam a gente de surpresa. Ela continua falando sobre o modo como uma família pode se desagregar, mas meu pensamento anda longe, metido numa fazenda que já faz parte da minha vida, nas mudanças que pretendo fazer, algumas reformas, não que a casa não esteja bem conservada, mas apenas detalhes para que ela fique mais ao nosso gosto. As árvores, o gramado, o mangueirão com o brete e o banheiro para o gado, o pomar. Parece que não tem horta, mas isso é detalhe fácil de se resolver.

O povo vai se ajeitando entre a sede e o bambuzal, onde meu pai mandou armar uma tenda maior do que o deserto, com lona presa num mastro muito alto e esticada para todos os lados. Não sei onde foram arrumar tanta mesa e banco, mas decerto andaram pedindo emprestados aí pelos vizinhos. A churrasqueira fica mesmo nos fundos da cozinha, vinte passos depois das mesas. A maioria das mulheres e crianças entra e sai pela porta da sala sem parada. A Ivone já deixou mais de um amigo dela experimentar seu jipe. A Ivone é uma criança de ouro. Mas ela não passa sem sua voltinha entre um curioso e outro. Ah, isso não.

Você está vendo nossa filha?, a Esperança para de repente de falar nos tipos de famílias que ela conhece, o modo de cada uma, e diz que sim, que ela não desgruda o olho da Ivone. Não é uma criança de ouro? A Esperança me aperta mais o pescoço, e me morde os lábios num beijo aqui mesmo na janela. E eu me sinto completamente nu, pelado, numa hora como essa.

Minha madrinha aparece descendo a escada da sala e atravessando o gramado. Ela abana pra nós e respondemos. Não aguentou muito tempo no meio das mulheres, com seus assuntos de mulheres, e vai na direção da tenda, onde só homens. Sabe uma coisa que acabo de pensar?, a Esperança enfia a mão no meu rosto e me vira para seu lado, porque decerto quer minha atenção. Sabe? Sacudo a cabeça como uma negativa, que não sei, não. Você não é o afilhado da Célia?, pois você não acha que ela pode ser a fiadora que está faltando pra gente resolver o problema da fazenda? A ideia me arregala os dois olhos e vai entrando devagar na minha cabeça. Será?

O padre acabou de chegar e meu pai veio numa deferência à religião cultuada pela família desde os desbravadores, os Pedrosos que derrubaram o mato neste lugar e aqui construíram a primeira capela. Ela não existe mais, desde que do outro lado do rio ergueu-se uma igreja e o espaço em volta do terreiro estava escasso para assuntos mais terrenos, dizem que ali mesmo por baixo dos galpões, que ainda muitas marcas. De passagem, o avô toma a neta nos braços e a apresenta para as bênçãos sacerdotais.

Sabe que é capaz de você ter razão! A Esperança me pisca um olho, Mas eu sempre tenho razão. Solto uma gargalhada com ácido e o bafo me queima o rosto. Vai, Venâncio, vai. Mas não conte mais comigo. Você que se arranje sozinho. Eu imito a voz de meu pai, algumas pessoas dizem que sem ver quem está falando nos confundem os dois. A Esperança esgaça os lábios num sorriso mau e comenta que jamais poderia imaginar que um pai, um pai verdadeiro, sabe. E não diz mais nada, recolhendo o sorriso no rosto fechado.

A observação da Esperança cheia de subentendidos a respeito deste meu pai me faz lembrar de uns dias em que não conseguia espantar pensamentos muito sinistros sobre ele. Pensamentos que jamais cristão algum vai saber e eu mesmo preciso esconder tudo que pensei. Dos outros, mas primeiramente de mim mesmo. Preciso arrancar este espinho do meu pé.

Com a chegada do padre, as mulheres abandonam a sala e a cozinha, descendo todas para baixo da tenda com aquele corredor de mesas que não acabam mais. Dois peões começam a carregar espetos de carne para servir aos convidados. O primeiro a escolher o pedaço exato da carne que deseja é o padre, cuja cabeça suada e sem a proteção natural, brilha uma luz vermelha com que quase todos se iluminam. O padre aponta com seu dedo clerical um ponto certo da carne e é aplaudido por seu rebanho.

Acho que está na hora de aparecermos por lá, Esperança. Fechamos a janela e trancamos a porta depois de descer para o terreiro. Para que não fique aquela gente toda observando nossa chegada, sugiro uma volta por trás do paiol, rente à horta, e a chegada pelo bambuzal, a menos de dez passos de uma das pontas de mesa. Pouca gente repara em nossa entrada no recinto da festa. Uns apertos rápidos de mãos, alguns acenos para os mais de lá, os distantes, e sentamos ficando da mesma altura dos outros. Meu pai, tendo o padre a um lado e o subprefeito do outro, está lá perto da cozinha, onde a lona termina. De lá ele rege. E tosse de vez em quando, acho que por causa da fumaça, os cheiros. Ele sempre muito sensível ao que existe no ar. O médico que atende o povo aqui desta casa, o dr. Mauro, disse que meu pai não precisa de higrômetro. Até quando vai chover, feito corvo e pomba.

A madrinha se levanta e fica ainda parada ouvindo conversa de um conhecido de meu pai, dono de armazém de cereais, na cidade. Ouve meio de lado, com um ouvido só, um pé no chão e o outro querendo caminhar. Já olhou pra cá duas vezes, por isso a Esperança não deixa ninguém sentar no banco ao nosso lado, um lugar só. Que aqui não, a Célia foi até ali, ela mente.

 É bem alto isto aqui, minha mulher diz cochichado, na concha do meu ouvido, e eu vejo que a madrinha vem caminhando na nossa direção, mas olho pra cima, esta lona imensa, e me lembro de que nunca entrei num circo, não que me faltasse oportunidade, mas é um ambiente que sempre me infundiu um certo receio, lá, no circo, a vida é outra e o palhaço com sua cara escondida nas tintas, isso me causa arrepio, pois não consigo saber quem está ali, a madrinha já está perto, e o palhaço, mais do que qualquer coisa é a razão de eu não ter vontade nenhuma de conhecer o circo, e esta tenda que meu pai mandou armar deve ser do mesmo jeito do circo, só que o único palhaço aqui sou eu porque ninguém sabe quem eu sou e que tipo de pensamentos a minha cabeça produz no seu escuro e que jamais virão à luz.

 Ela senta contente da vida como sempre anda. Bonita e perfumada, com suas roupas coloridas folgadas e leves, os tecidos finos. A madrinha pergunta pela Vilma, a coitada, e a Esperança então informa que a Vilma está com o namorado tomando conta das crianças aninhadas num dos galpões, onde também se armou mesa, só que mais baixa e bancos mais altos. Os dois, no treino das pátrias funções que os esperam. A Valéria?, e a Esperança se atrapalha um pouco, sem saber se pode contar tudo à madrinha, por isso me olha com pedido de socorro, o que é que eu faço, e tomo a palavra pra contar partes de nossos desentendimentos. A madrinha não estava sabendo de nada. E bate palmas quando digo que não quero mais ficar aqui e que já escolhi fazenda onde vou criar gado, como ela sempre sugeriu. Parece que algumas pessoas das imediações começam a se interessar pelo assunto, tudo por causa do escândalo da tia Célia nos aplaudindo.

Aproveito para dizer mais com os olhos e com as mãos do que com a boca, dentes cerrados, para que ninguém mais ouça, que, terminado o almoço, quero conversar com ela, só nós dois. É que me parece o assunto já bem encaminhado para pedir sua fiança.

A Esperança e a madrinha mastigam olhando para a altura, tudo apoiado naquele mastro mais alto que os bambus, as duas admirando o equilíbrio do tronco fincado no chão. Tia Célia comenta que seu irmão tem mão fechada, mas só pra despesas pequenas, pois deve ter gasto uma dinheirama com esta festa. Claro, são as representações, não é mesmo? As representações. Que não saísse vizinho nenhum nem figurão da cidade pensando que os Pedrosos são gente miserável. Sendo para impressionar o município inteiro, ah, enfiava a mão no bolso e a trazia cheia de ouro. Faz parte da tradição, ela cochichou: não se tem o direito de manchar uma fama. E as duas já não estão mais comendo.

Então, vamos?, e levantamos a madrinha e eu ao mesmo tempo, enquanto a Esperança pisca um olho com a malícia de quem passa uma mensagem cifrada. Eu entendo o rosto da minha mulher como se fosse o meu próprio. Até mais, eu penso, porque vejo minhas feições bem menos do que as dela, que me enchem a vida de prazer.

Descemos o talude que nos separa da roça e passamos por trás da sede na direção do galinheiro e dos galpões. É um caminho mais longo, mas encoberto pelas árvores que margeiam a cerca, pois não quero ser visto em confabulação. No caminho ela vem perguntando pela vaquinha jersey e faço as contas de quantas crias ela já deu desde que chegou na carroceria da camionete quando eu tinha uns quinze anos. Saímos pelo lado do curral e vamos passear pelo campo, seguros de que ninguém nos poderá ouvir. Vacaria e cavalhada lá pra baixo, por perto do açude e do capão, onde se protegem do sol, somos os únicos mamíferos num raio de duzentos metros, pelo menos.

Conto tudo a minha tia, sem deixar detalhe nenhum de fora. Até minhas conversas com a Esperança eu relato, principalmente a diferença que ela me fez ver entre respeitar e obedecer. Não tenho vergonha de dizer que muita coisa do que penso hoje me veio de duas mulheres: minha madrinha e minha esposa.

Sim, sim, ela fala sem muito entusiasmo e sinto que meu estômago começa a esfriar. Sim, sim. A fiança. Ela me pede que eu explique como pretendo pagar, pois já conversei com o gerente do banco. Por fim, sinto que ela está convencida. Pode mandar bater o contrato, ela diz, que ainda nesta semana eu passo por lá. As lágrimas que me rolam morro abaixo, umas lágrimas que brilham alegres e silenciosas, comovem minha tia. Ah, bandido, ela comenta, quantas vezes te pedi para teu pai, depois que o falecido se foi. Era o homenzinho que eu queria em minha companhia, que hoje não precisava estar passando por aperto nenhum. Vá, meu afilhado, enfrente a vida que sua tia fica por aqui tomando conta de seu futuro. Mas pare de chorar, senão me sinto na obrigação de te acompanhar. Apesar da emoção, estranho muito o tom inflamado da fala da madrinha, pois ela não costuma ser ridícula. Ela também deve estar emocionada.

Preciso voltar, com urgência, que novidade como essa não posso guardar só pra mim, porque posso até arrebentar. A Esperança deve estar ansiosa por saber o resultado de nossa conversa.

CAPÍTULO 14

À direita, nos morros além do pomar, aparece no céu uma faixa leitosa, tênue, quase imperceptível. A brisa trouxe a umidade do orvalho e o aspergiu no terreiro que novamente aparecia.

Três dias fora de casa e já parece que vejo tudo pela primeira vez. Então é assim, aqui da estrada, por trás daquele renque de árvores, o telhado da sede. E o bambuzal. A horta da minha mãe e então aparece o paiol. Me esforço para não cair em pieguice, mas sinto que um pouco mais e saio correndo ladeira acima, pressa das minhas pernas, minha mulher e minha filha, como será que estão, e a notícia que preciso dar a elas, que vão se aprontando. Rever tudo, agora, é como chegar a lugar estranho, mas meu sangue dispara com fogo e meus olhos ficam inchados de uma água morna e salgada. Não quero ser visto neste estado, por isso dou um tempo caminhando mais devagar. Há quantos anos não chego assim, a pé, vindo da estrada real? Não me lembrava mais da casa, das construções e das árvores, vistas de cima de minhas pernas.

Os cachorros vêm latindo me receber na porteira. Meus pés estão pesados do barro da estrada, o corpo todo sente o peso das roupas encharcadas, mas minha cabeça goza esta chuva e está leve. Lá em casa, abre-se uma janela. Os latidos devem ter alertado as pessoas. A Vilma e minha mãe, as duas ficam paradas na porta me observando, e eu abano para elas, que não saem por causa da chuva, mas sigo de passo reto, esmagando o barro, na direção daquelas duas lá, que me espiam pela janela. Três dias longe de casa, longe da minha mulher, e parece que estou chegando de um outro mundo, um mundo onde ela não existia.

Agora já posso ver suas feições e ela ri, nós dois rimos um para o outro, feito bobos, só porque ficamos três dias separados. Nunca na minha vida me senti tão homem, dono de mim e das minhas coisas, como nesta viagem. Saindo daqui, conhecendo outras partes estrangeiras, só assim que eu vejo a inutilidade do sobrenome. Não me serviu pra nada. Será isso que ele quis dizer, meu pai, quando disse que eu seria um zé-ninguém, sem sobrenome? Não interessa, porque estou em plena realização de uma tarefa que antes me parecia impossível, a tarefa de ser um indivíduo sem precisar de nenhuma tradição. Eu sou o que cabe em meus limites.

Há movimento nos galpões: com este tempo o povo não saiu pra lavoura.

Tenho de empurrar os cachorros porque estão com as patas embarradas e querem fazer festa com elas no meu peito. Grito com eles, e a Ivone solta uma gargalhada porque está vendo o pai dela e porque ele está em conflito com a cachorrada. A Esperança abre a porta da cozinha: tem água escorrendo da minha roupa. Largo os sapatos na escada e entro. Molhado mesmo como estou, a minha mulher se joga no meu pescoço, com os braços quentes dela, enquanto a Ivone se molha nas minhas pernas, a única altura que ela consegue abraçar.

Com a boca invadida pelos cabelos secos da Esperança, eu cochicho com voz molhada de lágrimas que consegui. Consegui, Esperança, consegui. Beijo minha mulher, beijo minha filha, cansado da viagem, eufórico com o resultado, homem de verdade, eu, no meio da minha família.

Vai trocar essa roupa, seus cuidados comigo me deixam ainda mais vaidoso. Mas não, agora não, que ainda tenho de comunicar a meu pai, o patrão imperador. De jeito nenhum, tem de botar uma roupa seca, porque você está com o corpo todo que é uma pedra de gelo. Mostro a chuva, que ainda encharca o terreno, e Esperança não se entrega. Que eu vá de capa, protegendo a roupa, e com as botas de borracha. Acabo concordando. A Esperança sempre tem razão. Ou quase sempre. Não fosse a Ivone andar por perto, tirava a roupa molhada, a minha, e a seca da minha mulher. Que a vontade, só de saber que eu estava muito longe de casa, crescia com exagero. Agora, sentindo o conforto da roupa seca e macia, é que eu vejo o quanto meu corpo estava congelado. Quente, mesmo, só o coração e minha lança em riste.

Dou mais um beijo, longo, carregado de desejos, na Esperança, e saio novamente para a chuva. Finalmente, vamos enfrentar a fera. Dos cinquenta metros que separam minha casa, quase ex-casa, dos galpões, mais da metade esmago o barro mole do terreno. Só bem perto do barracão onde ficam o caminhão e a camionete é que o cascalho me torna os passos mais leves. E já ouço a voz rouca do meu pai, dando instruções como ele gosta.

    Entro e sacudo fora a capa molhada. Quando cumprimento meu pai e os dois peões que o ajudam, sinto que suas respostas saem tímidas de tão amarelas, e os dois empregados não chegam a me encarar. O silêncio que todos observam a respeito da minha rebeldia é apenas na minha frente. Comigo fora, devem falar o bicho de mim. Apesar disso, os três param de mexer no que mexiam, umas peças do trator, do arado, umas ferramentas, e esperam meu segundo passo.

    Fico parado, sem nada dizer, mas olhando firme para meu pai, como jamais ousava. Ele expulsa um pigarro que é quase possível ver saltando, de tão familiar, para sinalizar que está ouvindo. Como se dissesse, comece, que não tenho muito tempo a perder, ele, que não gosta de perder nada. Mas não movo um dedo, não abro a boca, fico apenas parado olhando firme. Meu pai acaba entendendo o que se passa e manda os dois empregados para o galpão ao lado para engraxar as pontas de eixo da charrete da Valéria. Os dois, que não queriam outra coisa por causa do desconforto da minha presença, levantam-se e saem meio que a trote pesado, e passam por mim com os olhos grudados nos próprios pés. Acho graça da mansidão e do servilismo deles, e até nisso vejo o quanto me transformei nestes últimos tempos.

    Alguns passos hesitantes, penetrando no galpão, e me escureço, por fora, para um sítio onde o dia não tem luz para iluminar, também por dentro, porque não é tão fácil dizer o que preciso quanto me parecia lá fora. Sento num pneu deitado do trator a uns três passos do meu pai, de frente, e isso me atrapalha. Tento entrar por seus olhos até o centro de seus pensamentos e me queimo em duas brasas escuras. Minha língua, os lábios e a boca, estou seco, uma estátua de gesso ao sol. Ele não me ajuda, eu sei que ele não vai me ajudar, dando o início, fazendo alguma pergunta, abrindo o assunto. Mas ele volta a ser o gato brincando de matar o rato como quem apenas se diverte. Sua diversão, entretanto, é triste como um rosto descaído e de lábios espremidos, o que agora, com os olhos mais acostumados à pouca claridade, eu posso ver. Meu pai brinca de matar o rato, mas ele mesmo já se destrói por antecipação, porque ele adivinha o assunto que me trouxe até aqui, depois de tanto tempo sem que nos falemos.

Abro finalmente a boca e digo: Meu pai.

Sofro um baque, meu corpo sente o solavanco das duas palavras. Precisaria ser outro em meu lugar para estar livre do meu passado. Já perdi noites e noites de sono, com meus olhos arregalados comendo escuridão à procura de uma certeza. Minha atitude, todo o drama que criei, isso tudo está realmente certo? Mas se não fizer o que estou fazendo, jamais vou passar de mero apêndice de um sobrenome familiar. Minha garganta, por fim, desata o nó que a mantinha fechada.

Bem, começo outra vez, um tanto desengrenado, sem encontrar o ponto certo, a palavra que vai puxar as outras. O pensamento, o meu, não é uma coisa muito clara se não vira palavras, as de dizer. Sinto como se estivesse caindo, caindo, sem onde me segurar, apoio nenhum, e isso é uma vertigem, por isso agora eu sei o que estou sentindo: uma espécie de vertigem, um segundo de vertigem que me bota um gosto amargo na saliva.

O senhor sabe, bem, todos aqui sabem como, isto é, o que eu quero dizer é que já fechei negócio e daqui um mês assumo a posse da minha fazenda. O que está dito não tem mais jeito de desdizer, mas é a vontade que eu sinto ao ver o desastre desabando nas feições do meu pai. Pai, o senhor. O vão da janela clareia um pouco porque as nuvens já não suportam o peso de tanta água, e pela frente também se pode ver que a chuva se transformou num chuvisqueiro fino e sem muito empenho em cair, ralo, um fim de chuvisqueiro. A cabeça pendida do meu pai é que eu vejo de perfil, um lado mais iluminado do que o outro, seu rosto de repente encovado como se a barba estivesse para cair. Ele vira uma estátua porque está sofrendo muito e não tem mais ânimo pra qualquer movimento. O senhor, meu pai, ouviu o que eu disse?

Só então ele move lentamente a cabeça com as dobradiças enferrujadas, me olha do fundo do abismo em que o joguei, e de lá do fundo vem sua voz para dizer que, Antes não tivesse ouvido.

Ele se segura numa chave de fenda que mantém o tempo todo entre as mãos, uma espécie bem frágil de apoio. Você, ele começa quase tossindo, você não se esqueça de que está abandonando um velho doente. Desvio meus olhos para o chuvisqueiro que se torna outra vez chuva forte. Mas desvio meus olhos porque não consigo encará-lo depois do que acaba de dizer. Tenho vontade de argumentar que não, que não é bem assim: abandono. Vou ficar longe, mas sempre atento e dando meu apoio sempre que ele tiver necessidade dele. Penso, mas não tenho coragem de dizer. Minha vontade está muito enfraquecida e o melhor é ficar quieto, engolindo as ideias obscuras que atravessam na frente da minha testa.

Que Deus te proteja, rapaz. Quanto a mim, sozinho não vou poder tocar a fazenda, e as meninas são de muito préstimo, mas não vou botar elas a comandar peonada. Só vejo uma solução, vou convidar o Ricardo pra vir me ajudar. Ele tem a propriedade do pai dele, mas eles são muitos irmãos. Lá ele não vai fazer grande falta. É um moço esperto e bom de serviço.

Hummm hummm, com sua voz rouca, e grita o nome dos empregados pondo fim a nossa entrevista. Me levanto, e ele me oferece sua mão trêmula na ponta do braço e entendo que se trata de uma despedida. Visto a capa e saio novamente para a chuva.

CAPÍTULO 15

À direita, nos morros além do pomar, aparece no céu uma faixa leitosa, tênue, quase imperceptível. Um galo se esgoela para manter na cabeça a coroa real. Ele sabe que em pouco tempo terá de exercer suas tarefas de suserano.

O trator para a meu lado, rente, sobre quatro pneus arfantes.

Pra onde se atira, cunhado?, é o Ricardo quem grita por cima do estrugir da máquina, com seu estilo popular de linguagem. Faz umas duas semanas que ele trabalha com meu pai, ou para meu pai, que os detalhes de seu acordo eu desconheço. Ele está morando no primeiro quarto do corredor, bem perto da sala, e, segundo me contou a Vilma, para desagrado de meu pai, que não acha direito morarem noiva e noivo debaixo do mesmo telhado e, pior ainda, com portas para o mesmo corredor.

Pegar o ônibus na estrada, grito olhando para a altura onde meu cunhado está, e ele me responde que então trepa, cunhado, que eu te levo até lá. Como a porteira está perto, faço sinal para ele, que siga em frente e deixe a porteira comigo. Antes que a minha casa se esconda por trás do paiol, eu paro e aceno um adeus para minha mulher, que me observa da janela. Essa casa, já estou sabendo, vai ser ocupada pelo Ricardo assim que nós sairmos dela.

Fechada a porteira, rangido abafado que mal ouço, pulo para o estribo do trator, ronronando à minha espera.

Este é o meu cunhado, como não tem receio algum de se revelar. Um cunhado inteiro. Ele acaba de perguntar, Indo pra cidade?, e eu respondo na mesma altura, Indo pra cidade. Seus olhos por três vezes abandonam a estrada pra me perguntar, Fazer o quê?, e finjo que não entendo a linguagem dos olhos, devolvendo para ele um sorriso manso, de pura camaradagem, um sorriso bem matuto, mas na minha cabeça vou desenhando o tipo de gente que é meu futuro cunhado. Esta carona, Ricardo, esta súbita generosidade, não podia ter outro sentido. Fiquei sabendo que desde sua mudança para dentro da casa de meu pai, ele está vivendo uma espécie de primogenitura, e ocupando o espaço quase todo. Para a Vilma, ele deixou um canto onde ela pode se movimentar, mas um canto obscuro e estreito. Quanto a mim, todos eles morrem de curiosidade a respeito de meus próximos passos, mas ninguém tem coragem de vir esclarecer o assunto comigo. Só quem ainda me fala é a Vilma, e ela não pergunta nada apenas porque não se conforma com minha saída de cena e a súbita ocupação de meu lugar pelo cunhado.

Já fizemos a metade do percurso até a estrada, e o Ricardo, como se tivéssemos acabado de dizer alguma coisa, pergunta gritando, Fazer o quê? Ele sabe que posso muito bem dizer que ninguém tem nada com isso, mas arrisca. O casamento da minha irmã está próximo, e os dois espiam a minha casa por fora, mas de todos os lados. Imagino que estejam mudando tudo por dentro: móveis, paredes, pintura, tudo.

Preciso tratar de uns negócios. Minha resposta é vazia e maliciosa, a única resposta que a pergunta estúpida dele merece. Não houve muito progresso, não é, cunhadinho. Sua bondade ainda não foi premiada. Meu sorriso idiota continua tatuado no meu rosto. A maior simpatia pelo futuro marido de minha irmã, a princesinha da casa. Logo mais, Ricardo, na minha volta, vocês todos vão ter uma surpresa. Só quem está sabendo o que vou fazer na cidade é a Esperança. E ela eu sei que não abre a boca. Quero ver a cara de vocês quando me virem entrar no terreiro na camionete. Ela não é nova, mas está muito bem conservada. Faz gosto ver como anda. Consegui redução de preço por causa de uns probleminhas e mandei o Geraldo, nosso mecânico, deixar ela tinindo. Mas isso, cunhadinho, vocês só vão ficar sabendo logo mais, quando eu voltar.

Acho que a malícia da minha resposta acabou sendo entendida. O Ricardo está sério, não tira os olhos da estrada nem abre mais a boca. Eu ainda consigo imaginar alguns dos pensamentos que passam pelo oco de sua cabeça porque é como se eu estivesse flutuando acima de nós dois, observando o que se passa, e isso me dá o poder de entrar ou pensar que estou entrando em pensamentos que não são os meus. A seriedade dele, a testa lisa larga sem se mexer, deve conter as piores palavras com que um cunhado pode pensar do outro. Eu sei, pelo menos imagino, a raiva que ele está sentindo com minha evasiva. Duvido que ele consiga pensar que somos dois cunhados em um trator desviado de seu caminho para que um deles leve o outro até a estrada, e que o nome desta ação generosa é curiosidade. E que a curiosidade acaba de ser frustrada, porque esse que aí vai na carona negaceia, sem revelar seus objetivos.

    Vejo de repente, com susto nos dois olhos, a mangueira debaixo da qual muitas vezes descansei. Um dia andei passeando a cavalo, eu e a Esperança e começou a chover. Pois foi ali que nos abrigamos, ela dizendo que é muito perigoso, Nâncio, se cair um raio por perto, é aqui que ele vai cair. Me deu vontade de sair para a chuva, pois não confio em algumas manifestações da natureza, como os raios, mas ela mesma foi ficando e acabamos fazendo amor pela primeira vez ali debaixo. Alguns pingos caíam gelados na minha bunda nua, mas não alteravam o calor do fogo que me incendiava o corpo. Aquela mangueira ali vai ser sempre minha, vá eu para onde for. Ela abriga um momento que não posso esquecer. E agora atravessamos o córrego. Este também vou levar comigo. Foi num de seus poços, logo ali pra cima que acertei um de meus primeiros tiros e consegui aquela pele de lontra que a Esperança conserva guardada até hoje. São umas ribanceiras feias, cheias de sombra e umidade. Eu vinha aqui pra pescar e sabia onde o bicho morava, depois de muitos sustos que me deu. Um dia pedi a espingarda a meu pai, eu devia ter menos do que quinze anos, ah, bem menos. Mal tive força pra carregar sozinho o bicho barranco acima. Depois disso, me senti um caçador, e então ninguém mais neste município todo caçou mais do que eu. Capivara, então, por essas restingas aí, perdi a conta. Carne boa, mas precisa de ciência no preparo, senão fica muito forte. E estas árvores, que margeiam o córrego, será que um dia vou esquecer tudo isto aqui? Depois estes eucaliptos, em bosque de linha reta, o mundo ordenado pelo homem, porque eles drenam o banhadal. Ajudei a plantar isso aí, praticamente só nós dois, o Nivaldo e eu. Ali pra trás começa a ladeira descampada, onde as lebres gostam de subir correndo porque não há cachorro que corra tanto como elas na subida. Elas sempre dão um jeito de não descer porque então, ah, então qualquer um de nossos cachorros faz a festa. Quatro, cinco quilômetros além, sei lá, sem nenhuma cerca e nos domingos de manhã, espingarda ao ombro. Quando eles latem na pista que estão seguindo, soltam latidos espaçados, quase cantados de agudos que são. Não sei se levo tudo isso comigo, ou se ficam pedaços de mim por aí extraviados.

Que sabe disso aqui tudo este Ricardo, que sangue ele deixou em ponta de pedra ou de espinho?

Daqui já vejo a largura toda da estrada, com o Sol ainda de esguelha, raiando sua luz, e o Ricardo remexe a cabeça, aflito porque não declarei de que negócios vou à cidade para tratar. Falta um bom tempo para que o ônibus apareça com o brilho de suas vidraças, e seu tamanho grandioso. O trator não anda lá muito rápido, mas a pé eu demorava muito mais. Neste último declive para a estrada, chego a pensar que o Ricardo vai quebrar o pescoço. Então ele breca na boca de nossa estrada e me olha.

E quando é que toma posse da sua propriedade, cunhado? Ele me encara nervoso, com rugas na testa e manchas vermelhas nas faces. Seus olhos rebrilham de tanto sol que desce de uma das beiradas do céu. Não consigo parar de rir, porque, várias vezes no caminho, me admirei de que ele ainda não tivesse feito essa pergunta. Ele desvia os olhos para um horizonte à sua frente, um horizonte alto, encostando no céu. Ele não consegue encarar meu riso sem sofrer muito. O motor está desligado e não preciso gritar. Semana que vem vocês vão estar livres de mim, eu respondo com muita maldade na voz. Então ele se volta e agora quem sorri é o Ricardo. Há uma alegria tão transparente em seu rosto que consigo ver seu coração pulsando. Semana que vem?, ele exulta em plena glória de vencedor.

Desço do trator e ele dá a partida, pois o principal de que precisava já conseguiu. Se despede abanando a mão e movendo os lábios com palavras que não ouço e que talvez não queira ouvir. Vejo o Ricardo e sua máquina, ambos de costas, ladeira acima até que somem. Ouço ainda algum tempo o ronco do motor, por fim, o mundo silencia em minha volta. Não sei exatamente o que estou vivendo nem tenho como parar para compreender tudo isso. Mas sei que estou seguindo o caminho que já escolhi e da vida não quero mais do que isso. Semana que vem viajo e tomo posse da fazenda, depois venho e levo comigo minha mulher e minha filha.

CAPÍTULO 16

Ele sabe que em pouco tempo terá de exercer suas tarefas de suserano.
Nada mais existe além do frio que deixa entanguidos os braços de Venâncio. Os ruídos todos da noite que haviam cessado renascem da garganta poderosa de um galo e a lua continua sendo apenas manchas amarelas numa nuvem que já não é tão noturna.

Chegar tarde com todos dormindo foi escolha minha, por isso tive de ficar na cidade jogando meu tempo fora, sentado sozinho tomando cerveja, e além dos cachorros, que vieram ao encontro da camionete com raiva por causa da hora uma intrusão destas, uma camionete desconhecida, só depois de muito latir sentiram meu cheiro, e agora, enquanto bato sem muito estrondo à porta da minha casa, eles querem me pular no peito e são empurrados com minhas mãos. Esperança acende a luz e vem com passo forrado de silêncio até a porta e pergunta, Quem é?, estou tremendo, desabado, por isso não respondo logo, meu bafo de cerveja, gostaria que ela não sentisse meu bafo de cerveja, bebendo sozinho, sentado durante várias horas sem ter com quem conversar e a minha cabeça esmigalhada por inteiro, e sem ter com quem conversar, então ela pergunta segunda vez, É você, Nâncio, e faço esforço para me manter seu marido, Sim, Esperança, o Venâncio, e só então ela me ilumina com a luz da sala que irrompe pela porta aberta, ela só de camisola, porque sou eu, seu marido, e vejo o espanto em seus olhos, seus lábios, o espanto em todo seu rosto.

Safanando meu braço, ela me bota pra dentro e me grita cochichado no ouvido por causa do sono da Ivone, Você quer matar a gente de desespero, e se põe a chorar, o que me dá muita raiva porque ainda nem comecei a dar motivo pra choro, quinze dias sem dar notícias, Nâncio, e a gente aqui pensando de tudo, imaginando desgraça e você me chega a uma hora destas e ainda com bafo de cerveja nesta sua boca, pensando que fez uma bela coisa, seu cachorro, e ela não vai mais parar de falar, e aproveito que entre lágrimas e palavras ela precisa respirar um pouco, então digo que tenho de falar com você, fique quieta pelo amor de deus, porque tenho de conversar com você, Conversar, conversar, não temos nada que conversar a uma hora destas, você me chega de madrugada com bafo de cerveja na boca e ainda acha que tem ouvido de gente à sua disposição?, sua voz fica mais e mais esganiçada, e começo a me irritar muito porque se alguém tem motivo pra choro nesta casa sou eu, bem assim que lhe berro na cara e ela me olha assustada por ser a primeira vez na vida que grito com minha mulher, então fica me olhando com os olhos em um rosto pálido que não sei se é de sono ou de susto, mas finalmente fecha a boca e me espera, encolhida em seu peito e ofegante.

Passamos para a cozinha e a Esperança fecha a porta por causa da Ivone, que não precisa acordar, então sentamos um na frente do outro e só quando estamos acomodados começo a dizer o que preciso e começo dizendo, Esperança, aconteceu uma desgraça, entende, por isso que demorei tanto, mas escute porque vou contar tudo a você, não aguento mais ficar guardando tanto peso em cima de mim, sozinho, e me parece que ela se acalma, pelo menos endurece as feições e diz, Pois então pode falar, e em lugar de falar, ao abrir a garganta para as palavras o que começa a sair é um choro babado que me faz enterrar o rosto nos braços dobrados sobre a mesa, um choro que desanda ainda maior porque a Esperança eu acho que supera sua raiva e me afaga a cabeça e só então eu vejo quão infeliz estou, e fraco, sem orientação nenhuma para dar à vida minha e das duas que dependem de mim, tão cansado, ela diz, você está muito magro, você deve ter passado por uns dias muito ruins porque está reduzido no seu corpo, muito magro, e esta barba, Nâncio, você nunca assim, me levanto e vou até a pia onde lavo a baba e as lágrimas e a barba ela diz que estou com o rosto inchado e quase chego a sorrir porque agora seu modo de me tratar não é mais com hostilidade, e finalmente consigo olhar para seu rosto e sentir uma grande, uma imensa piedade, que futuro espera por estas duas?, e ao pensar nisso, começo outra vez a chorar e vejo então que isso está desesperando ainda mais minha mulher, por isso faço de tudo para me controlar, mas tenho de voltar à pia e jogar muita água no rosto, um frio que me faz bem, porque até consigo respirar sem que o ar me arranhe por dentro.

Ergo um pouco a cabeça e abro os olhos, puta que os pariu, como ardem, a Esperança está quieta sem movimento e me parece que nunca respirou na vida, então acho que está meio adormecida, como eu, porque tudo isso aqui por que estou passando é um sonho pesado que vem caindo em cima da minha cabeça, um peso que me embaralha tudo e não sei mais quando durmo ou estou acordado, o que penso, verdadeiro, e o que sonho: este pesadelo, Que merda, eu digo como se estivesse apenas pensando de tão baixinho que digo, que merda, a minha vida acabou, Esperança, ela dá um tempo olhando o nada, seus olhos ainda manchados de choro, do choro com que ela me recebeu, então me encara com dureza e pede, Fala, Nâncio, você ainda não me disse o que aconteceu, e a voz dela sai tão em fiapo, vozinha, que meu coração se oprime e dificulta minha respiração, e a vontade que me dá é de me abraçar com ela, enrolado em seu pescoço, me abraçar nela e esperar até o fim da vida, sem nunca mais voltar a sofrer o que estou sofrendo, dormir com a cara enterrada em seu pescoço e só acordar, porra, nunca mais acordar, nós dois saindo de um pesadelo, então expulso um pigarro, limpando a garganta como faz meu pai, uma coisa que me enfurece, e me preparo para relatar tudo que me aconteceu nestes últimos quinze dias.

A Esperança me pergunta se não quero que ela passe um café, e respondo que não porque já estou organizando os pensamentos com propósito de começar minha história, buscando as palavras, em que ordem vão sair da minha boca, o que está me atrapalhando os pensamentos, porque o mais difícil de tudo é encontrar um início, então digo assim, Bem, Esperança, naquele dia saí daqui madrugadinha de sol no berço, você se lembra, na minha camionete essa aí fora, e já com o caminho todo traçado na cabeça, porque apesar de ter ido até lá só duas vezes, que eu não tinha te contado, sabe, quando fui fechar o negócio, eles dois, o Geraldo e o Heitor, me levaram até lá outra vez e me pediram uns vinte dias até eles fazerem a mudança, entende, Esperança, entende?, uns vinte dias, a Esperança me olha sem entender nada com seus olhos muito grandes, porque eu não consigo levar o assunto ao ponto principal, direto, então não corri muito porque era cedo quando saí calculei que chegava em boa hora, e no caminho todo meu coração batia tão leve que me dava vontade de rir, Esperança, e eu ria sozinho, abobalhado com o que ia acontecer comigo, até que cheguei lá, bem antes do meio-dia, cheguei e vi movimentos, pessoas que eu não conhecia em tarefas de uma fazenda, um homem carregando um balaio, um menino tocando um bezerro e a mãe dele, sei lá, uma mulher que botou a cabeça por uma janela, você agora me entende?

Já é muito tarde e eu deveria encurtar a história, dizendo o principal, só as coisas que me desgraçaram, mas não quero pular detalhe, quem sabe minha mulher encontra o ponto em que as coisas se quebraram, alguma coisa que eu não esteja vendo, o que acho muito difícil, mas preciso acreditar, preciso, um galho que me salve da enxurrada, só que ela fica apenas com um rosto pasmo entendendo tudo antes que eu conte, até que me empurra pra continuar contando, então digo que o homem que eu estava lá vendo era um caseiro da fazenda, como se apresentou, porque os donos, donos mesmo estavam em demanda, e ele com a família fazia duas semanas que tinham sido contratados, Porque estavam entrando ladrões e levando o que podiam até que os filhos resolveram me contratar pra tomar conta, o senhor pode sair por aí perguntando, e eu repeti que tinha comprado a fazenda e ele sorriu sem muita certeza do que eu estava fazendo ali, por isso o sorriso ficou torto na boca e eu mostrei a ele minha escritura e o infeliz me disse assim que Eu não entendo nada disso, não, senhor, mas acho melhor o senhor conferir esse papel no cartório, e eu ia voltando para a camionete quando o indivíduo me perguntou se eu não queria almoçar com eles, veja só, Esperança, ainda me perguntou se eu não queria almoçar com eles, e preocupado do jeito que eu estava ficando, mandei o homem à merda, porque eu tinha mais o que fazer, e saí de lá cantando pneu, pensando que ia chegar à cidade em hora de almoço e o cartório poderia estar fechado, me fazendo perder ainda mais tempo.

 A Ivone começa a choramingar no quarto, choramingo baixinho que mal se ouve porque a porta está fechada, mesmo assim ficamos os dois escutando, eu pensando qual vai ser o futuro desta menina e a Esperança, na minha frente, muito séria como nunca eu tinha visto, pensando não sei o quê, mas ela se acalma e volta para o silêncio da noite, e resolvo continuar minha história, e conto que, na cidade, encontrei a porta do cartório fechada, então resolvi almoçar em um restaurante onde uma vez o Geraldo comprou uns lanches pra gente comer na estrada, e lá fiquei empatando tempo, esperando que desse a hora de começar outra vez o expediente, então, por fim, achei que já tinha perdido bastante tempo, paguei minha conta e fui conferir minha escritura, só que a porta continuava fechada, e senti vontade de enfiar o ombro na porta e arrebentar tudo, porque então eu já estava sentindo um medo tenebroso, aí bati palmas na casa que ficava perto do cartório e perguntei a uma mulher que chegou enxugando as mãos no avental, uma mulher muito enrugada e de cabelos brancos, a que horas é que o cartório voltava a abrir e ela me olhou espantada e pediu que eu repetisse, então me disse assim que, Cartório, moço?!, por aqui não tem cartório nenhum, o único que conheço fica numa travessa lá da praça da matriz, esta casa aqui esteve alugada uns tempos para uns desconhecidos e agora faz quase um mês que ninguém vem abrir. Entendeu, Esperança, entendeu bem o que estava acontecendo?

Dali fui à procura da delegacia que a mulher me ensinou onde ficava e lá contei toda minha história, e quase fui preso porque o escrivão que estava registrando a queixa me olhou bem na cara e disse, Mas o senhor bancou o trouxa e caiu numa arapuca, e eu respondi pra ele muito teso de corpo e de olhar, que se aqui tem algum trouxa decerto é alguém que trabalha na delegacia, e isso foi suficiente para que ele me mandasse esperar pelo delegado, que tinha ido almoçar e só voltava lá pelas três, quatro horas por causa das diligências na rua, e eu fiquei sentado até as cinco, quando o delegado chegou e ouviu primeiro o escrivão, em seguida mandou que eu entrasse na sala dele, olhou os papéis que eu trazia, leu alguma coisa, o cabeçalho, olhou pra mim e disse que Infelizmente o senhor caiu no conto da fazenda e só se pode fazer alguma coisa a partir de amanhã, por isso tive de dormir lá, um sono horroroso porque eu acordava de quinze em quinze minutos, assustado, com raiva, com medo, tanta raiva que cheguei a chorar, mas sentia que ainda não era caso para desespero.

    A Esperança começa a sacudir a cabeça e as lágrimas arrebentam em seus olhos, eu não consigo me segurar e começo outra vez a chorar, quando me lembro, e ela não quer mais olhar pra mim, então vou até a pia para lavar novamente meu rosto e tomar um pouco de água, porque preciso dar conta de tudo, e conto a ela que durante duas semanas persegui pistas dos homens, os dois vigaristas, que ninguém conhecia, mas alguns diziam ter visto indo numa camionete para cima e outros já diziam que tinham ido pra baixo, e assim fiz primeiro um caminho, mas as estradas se dividem, se cruzam e não consegui mais notícias deles, nem eu nem a polícia, por isso demorei tanto, mas volto arruinado, meu amor, sem nada, e ainda devendo o que não posso pagar.

    Sem aviso nenhum, de súbito, a Esperança pula selvagem da cadeira e me agride a cabeça com as duas mãos abertas, me espanca as orelhas, o rosto e grita sem se lembrar de Ivone que onde é que você botou a minha parte da herança, seu desgraçado, hein, vai agora já buscar o que era meu, seu idiota, e tudo o que a gente economizou nesses anos todos de aperto, desgraçado, o que foi que você fez com tudo isso, me conta, infeliz, e sua respiração é um ar que ela empurra aos arrancos para os pulmões, com ruído e cada vez mais rápido, enquanto suas pancadas me fazem o bem do castigo merecido, por isso deixo que ela fique cansada de tanto bater, até que, exausta, prostra-se na cadeira onde estivera sentada, e abatida procura o ar insuficiente, e assustado não me movo de onde estou, com medo de que ela sofra ainda um mal maior. Demora algum tempo até que sua respiração seja menos tenebrosa, e ela deita a cabeça nos braços e se esvai em choro manso, manso.

Ficamos os dois com as cabeças deitadas sobre a tampa da mesa, molhando os braços de lágrimas e baba, até que por fim, cansados de chorar, desce da noite alta uma calma fria, um vazio da vida, um escuro para o futuro, então a Esperança me diz, Olha, já está quase amanhecendo, é melhor você dormir um pouco, porque assim que sair o Sol nós precisamos avisar seu pai, pra ver se ele tem alguma solução, e depois você precisa ir até a casa da Célia, explicar pra ela o que aconteceu.

CAPÍTULO 17

Nada mais existe além do frio que deixa entanguidos os braços de Venâncio. Os ruídos todos da noite que haviam cessado renascem nos berros das vacas que chamam os filhos, no canto dos passarinhos, no grunhido dos porcos que parecem se espancar nos chiqueiros, nos baldes da Vilma, que passa distraída na direção do curral.

O mundo começa a abrir sua couraça de silêncio. O vento passa cortando, muito afiado, chiando nos galhos do oiti. Mesmo assim o mundo não existe mais. As pessoas todas da fazenda já devem estar de pé, ainda cheias de sono, cada uma delas carregando uma certeza qualquer, uma certeza que as faz movimentarem-se.

Uma das janelas da sede se abre sem que Venâncio perceba, pois seu barulho não chega até ele.

Com mão brusca, a Esperança me sacode a cabeça e diz, Vamos, já está na hora, e me demoro deitado sem entender que hora já está, e aonde vamos, mas ela abre a persiana e a janela se arreda para que o dia entre inteiro no quarto, então me lembro de que ficamos até muito tarde conversando, chorando, sofrendo nossa desgraça, ali mesmo, na cozinha, e me lembro também de que a Esperança havia dito que bem cedo era preciso que eu fosse falar com meu pai, por isso empurro o lençol com que me cobria e vou de cueca para o banheiro para terminar de acordar com a água fria no rosto e mal tenho tempo para escovar os dentes porque ela já vem até a porta fiscalizar o que estou fazendo, enquanto volto ao quarto para vestir a calça e uma camisa, ela lava o rosto de Ivone e diz que nós vamos um pouco até a casa da vovó, o que causa uma alegria transparente em nossa filha, mas agora sou eu que espero as duas, pois é preciso acabar logo com tudo isso e tenho muita pressa.

A Ivone entre nós dois, avançamos pelo terreiro até que a Valéria grita lá de perto do galinheiro que acaba de ver a vaquinha jersey e sua bezerrinha, as duas caminhando pelo campo na direção do açude, e a Esperança nos solta dizendo que a gente continue, pois ela esqueceu de fechar a cancela, e sai correndo, enquanto nós dois ficamos aqui parados, aqui debaixo da figueira, que sozinho não vou ter coragem de entrar por aquela porta escura com cara de campa de cemitério, e para esperar minha mulher tomo a filha no colo e a abraço, forte, pensando sempre, O que vai ser desta inocente, qual a vida que ela vai ter?, e começo a chorar e aperto seu corpinho mínimo, com desespero, o que deve estar fazendo-lhe mal, pois ela começa a chorar também, mas se queixando, Não me machuca, papai, não me machuca, e me parece que alguém espia pela janela da cozinha mas não sei quem é, por isso enxugo as lágrimas e limpo o rosto, e ficar aqui parado é que não posso por isso tomo o rumo do curral para ficar longe da sede, escondido por trás de um dos galpões, mas a Esperança já vem chegando, com o suor da corrida no rosto vermelho, dizendo, Ué, mas vocês ainda não foram?, uma pergunta em tom de deboche, uma ironia que me bate no rosto como um tapa, mas fico quieto e ela fica sem resposta.

Tenho a impressão de que são minhas pernas que me levam, mas não as sinto, como se tudo em mim fosse automático, mesmo assim mantenho os olhos que nada enxergam fixos no caminho, um modo de fingir que estou atento a alguma coisa, e ouço um ruído seco vindo de muito longe, um ruído existente apenas na cerração da memória, que são as botas esmagando torrões de terra, e que seguem já perto da grama, então fica tudo mais silencioso nas minhas mãos geladas de suor, porque é como se tivesse de caminhar com meu próprio esforço para encontrar a forca e tenho a impressão de que sinto um cheiro ruim, de coisa azeda, e que exala de meu corpo, ah, se pudesse tomar um banho e trocar de roupa, um banho e roupa, e nisso atravessamos o gramado e já estamos subindo os degraus para a porta da cozinha sem que eu consiga saber como estas pernas me trouxeram até aqui.

Se encontramos todos a esta hora reunidos é porque a Esperança agia durante meu sono, entramos com solenidade, a família em volta da mesa, meu pai ainda não vi direito o rosto dele, que se esconde na cabeça baixa e os outros todos, mas não consigo olhar para ninguém, até que a Esperança começa o assunto com o lábio inferior tremendo e diz que seu Bernardo, seu filho tem um assunto pra tratar com o senhor, e acho que não vou conseguir falar na frente deste povo todo, pois até o Ricardo, que nem é, continua ao lado da Valéria para assistir à minha humilhação, então não sei como me vem uma força como se eu já não estivesse mais na frente de gente nenhuma, nas nuvens, entre anjos subindo para o céu, e abro a boca para dizer, de um jato só, Pai, sem a ajuda do senhor eu não tenho salvação, e percebo que a cretina se remexe na cadeira encarando o noivo, e quase não ouço quando meu pai expulsa o pigarro duas vezes antes de dizer, Pois então você está perdido, rapaz, e os dois, imediatamente, viram-se na direção da janela para poder rejubilar com lábios e olhos, sua festa sobre minha derrota, e quem toma a palavra, depois dos silêncios e tosses que se seguem, é a Esperança, que diz, seu Bernardo, o Venâncio foi enganado e perdeu tudo o que a gente tinha além do que não tinha, que é o dinheiro tomado no banco, roubaram tudo dele, seu Bernardo, sem alguma providência do senhor nós não temos mais como sobreviver, e ela para de falar, ofegante e é só sua respiração que ouço, porque o de fora, o que ficou no terreiro já perdeu inteiramente a realidade, é matéria de um sonho, talvez, e aqui dentro ninguém ousa dizer coisa alguma, até que meu pai, com voz seca imperiosa, diz que Não posso fazer nada por ele, moça, e ela retruca exaltada, Mas o senhor não pode antecipar a partilha, seu Bernardo, por uma caridade, pra salvar seu próprio filho?, e ele a encara com mais ódio do que piedade e diz, Só tenho pena é desta minha neta, mas dela a gente sempre tem um jeito de cuidar, porque quando eu disse que não contasse mais comigo, e ele que se arranjasse sozinho, era porque não contasse mais comigo mesmo, e que se arranjasse sozinho mesmo, entende?, pois enquanto o Bernardo Carvalhal Pedroso respirar sobre esta terra, a fazenda não vai ser despedaçada, eu tenho um juramento pra não permitir isso, e meu juramento eu cumpro, minha mãe e a Vilma se levantam as duas com as lágrimas pulando longe e saem da mesa apressadas com choro sonoro e gemidos, ai, meu deus, ai, que desgraça, e somem pelo corredor, enquanto isso, minha raiva me permite ver, a Valéria e o Ricardo não conseguem evitar o riso mau, luminoso por fora e sombrio por dentro, e tentando disfarçar um pouco, vão até o clarão que entra pela janela e ali ficam os dois de costas para o interior da cozinha, a Esperança fala já com voz de grito, ofendendo meu pai, com palavras duras, desalmado, injusto, que nem os bichos, mas ele não move mais nada de todo seu corpo, até o ponto em que diz, Bem, eu tenho mais o que fazer, pra ficar aqui ouvindo insulto, se levanta, bota o chapéu na cabeça e desce para o terreiro. Nós dois ficamos ainda um tempo sentados, sem saber como sair desta cozinha, mas a presença do casalzinho me incomoda e me levanto também, pego na mão da Ivone, que nada entendeu, e digo para a Esperança, Então, vamos?

CAPÍTULO 18

Nada mais existe além do frio que deixa entanguidos os braços de Venâncio. Os ruídos todos da noite que haviam cessado renascem nos berros das vacas que chamam os filhos, no canto dos passarinhos, no grunhido dos porcos que parecem se espancar nos chiqueiros, nos baldes da Vilma, que passa distraída na direção do curral.

O mundo começa a abrir sua couraça de silêncio. O vento passa cortando, muito afiado, chiando nos galhos do oiti. Mesmo assim o mundo não existe mais. As pessoas todas da fazenda já devem estar de pé, ainda cheias de sono, cada uma delas carregando uma certeza qualquer, uma certeza que as faz movimentarem-se.

Uma das janelas da sede se abre sem que Venâncio perceba, pois seu barulho não chega até ele.

Valéria sai da cozinha e toma a esquerda, na direção do paiol, com passo meio dançado, leve, por caminho que faz todas as manhãs. Vai distraída e feliz para cumprir suas primeiras tarefas caseiras.

Ela termina de me abraçar e me pega os braços com a leveza de suas duas mãos, e me olhando pergunta, Mas então, e a Esperança não quis vir junto?, e não posso, de supetão, dizer tudo, que a Esperança nem dormiu na sua cama, onde também durmo, ela está dormindo, preferindo um colchão ao lado da cama da Ivone, só para não ter de falar comigo, que depois da negativa de meu pai ela ficou algumas horas chorando no quarto da filha, sem dizer nada e não olhou mais para mim e quando procuro conversa, de qualquer assunto, ela finge que não ouve, nunca me encarando, como se eu tivesse deixado de existir, não, isso tudo não posso contar ainda, então invento que ela tinha umas coisas lá dela pra terminar e que por isso me pediu que viesse sozinho, a madrinha então me beija as duas faces e diz que está muito contente com minha vinda, e isso dando uma volta olhando os detalhes da camionete, para então dizer que sim, senhor, um belo veículo, de muita utilidade, não é mesmo, E então, por que não entramos, você decerto está cansado da estrada e quer tomar um café, que eu aceito por não ter ainda pensado num modo de entrar no assunto e preciso de tempo, que arranjo tomando café, água, comendo bolo, torta, qualquer coisa, pois é uma tarefa muito difícil que tenho pela frente, mas parece que quanto mais demora pior fica, e não sei se conto a ela como foi ontem a conversa com meu pai, com seus olhinhos de gambá, mas daquele Geraldo e do Heitor sou obrigado a contar, os dois também com focinhos pra frente, afinando, no último galho da laranjeira, por isso virei a espingarda pra baixo, pensando que por muito pouco não tinha cometido um crime, mas agora se encontro um daqueles dois, ou mesmo os dois, eu juro por tudo que existe de mais sagrado que morro na cadeia, fim de meus dias, mas os dois caem lá de cima fazendo no chão um barulho balofo como de tapa em travesseiro, com os dentes dos cachorros arreganhados e prontos para estraçalhar o corpo fedido, que não conte mais comigo, você que se arranje, uma dureza feita só de maldade, meu pai, então a Natalina vem com duas xícaras de café que tirou da garrafa térmica e nos serve contente de nos servir, mostrando os dentes com muito exibicionismo.

Então eu opto rápido pelo método de não ir assustando aos poucos, e jogo o sentido em poucas palavras, Pois é, tia, eu vim até aqui porque me aconteceu uma desgraça, e ela fica esperando para saber de que desgraça estou falando, por isso continuo sem perder muito tempo e digo em sua presença e na presença de sua empregada, a Natalina, tia, eu fui roubado, me levaram tudo e me deixaram sem nada, neste instante percebo que a tia Célia fica muito pálida e seus olhos não se mexem, vidrados, e me culpo por não ter ido mais devagar, preparando, cevando, até esclarecer tudo quando o terreno já está preparado, mas isso não demora muito porque ela me olha e pergunta, Mas o dinheiro do empréstimo continua com você, não continua?, e isso me faz olhar para baixo sem coragem de ver seus olhos que até há pouco tempo pareciam vidrados, para acabar dizendo que sim, minha tia, sim, o dinheiro do banco também foi roubado, tudo, minha tia, tudo, perdi tudo, e já desando também a chorar porque me lembro da desgraça que minha ingenuidade trouxe para toda a família.

Minha madrinha pergunta o que foi que até agora eu fiz, se dei parte na polícia, com alguma providência, ela tentando encontrar alguma falha, uma fissura por onde encontrar uma solução e começo a contar a ela a história toda, os quinze dias correndo pra cima e pra baixo atrás de pistas, com a ajuda da polícia e a má vontade do escrivão que aos poucos foi passando porque ele acabou ficando com pena de mim, ao saber o rombo que eu estava dando em toda a família, e da minha mulher e uma filha de cinco anos, tudo contei a eles pra ver se me ajudavam, então por fim a desistência, o desânimo e o desespero, a esta altura a tia Célia pergunta, E o teu pai?, com esperança de que seu irmão resolvesse tudo, e respondo que Meu pai está louco, tia, louco total, meu pai disse que eu que me arranje sozinho, vingança dele porque eu não quis assumir a ponta dessa tradição ridícula, que hoje em dia não faz mais sentido nenhum, e por causa também da minha vocação que nunca foi de mexer com a terra, minha preferência a vida toda era o manejo de animais, os bichos vivos, que se movem e que conhecem a gente, Mas só isso?, ela pergunta e não sei o que dizer, Como, só isso?, Sim, ele não disse mais nada, só que você se virasse sozinho?, Ah, sim, a Esperança pediu a meu pai a antecipação da partilha e ele respondeu assim que enquanto respirasse sobre esta terra ninguém ia retalhar a fazenda recebida por ele das mãos de seu pai do mesmo jeito que pretendia entregar ao seu herdeiro, então desistimos, porque ele está endurecido, com uns olhos de louco, tia, e uma tosse de louco, seu semblante é de alguém que já não entende mais o que faz neste mundo, totalmente louco.

Ficamos agora em silêncio, eu exausto da fala e da tensão, minha tia concentrada séria olhando as próprias mãos, os lábios dela meio roxos e apertados sobre os dentes, calada com os pensamentos silenciosos em sua cabeça, até que se resolve a falar e me encara me chamando, Venâncio, ouça bem, e ela fica esperando que eu pare de chorar porque de vez em quando choro depois paro para chorar mais uma vez, aos arrancos, um choro seco, pois já gastei minhas umidades nestes últimos dias, então como vejo que ela me espera, faço um pouco de esforço e faço silêncio, ouça bem, ela repete, você não é mais nenhuma criança e sabe muito bem o que fez, não sabe?, levanto os ombros, sem saber aonde ela quer chegar e por não ter uma resposta que sirva, então minha tia continua, Você, Venâncio, destruiu o meu futuro, a tranquilidade da minha velhice, o único bem deixado pelo falecido, porque filhos ele não me deu, agora você vai embora, vai ver o que ainda pode ser feito, mas só me volte aqui se trouxer uma solução.

Até para a despedida me falta coragem, e saio de cabeça baixa, querendo chorar, com dor de um nó na garganta, mas sem conseguir, embarco na camionete e volto para casa.

CAPÍTULO 19

Valéria sai da cozinha e toma a esquerda, na direção do paiol, com passo meio dançado, leve, por caminho que faz todas as manhãs. Vai distraída e feliz para cumprir suas primeiras tarefas caseiras. Por trás, sem que Venâncio perceba, Esperança passa na direção da mangueira, onde a espera de úbere túmido o início do rebanho de seu marido.

Ainda mais que a chuva parou, aproveito o tempo, e o espaço, com eles na missa, posso ir aonde quiser, porque para a Esperança e a menina eu já não conto, como se eu não existisse mais, e ela desde hoje muito cedo revolvendo a casa toda, praticando barulhos, imitando uma pessoa muito ocupada querendo resolver problemas, um giro por aí que os cachorros fingem entendimento e saem correndo em perseguição de nada, apenas um treinamento porque não há o que perseguir além das galinhas, mas as galinhas a esta hora ciscam por baixo do pomar à procura de minhocas sem muito resultado por causa da terra ainda um pouco molhada do chuvisqueiro de uma hora atrás, então vou na direção do curral onde menos barro, até bem perto, ele não me perdoa ter visto sua barba com a raiz molhada de lágrimas, sua raiva, mas aquele é o Nivaldo saindo da casa dele e vindo pra cá, por isso desvio meus passos e finjo que vou para os galpões, encobrindo meu corpo, não quero ser visto, não quero falar com mais ninguém e não suporto ser apreciado por olhos de pena e desprezo, depois da madrinha, o que ela disse, a humanidade é só espinho e eu já estou suficientemente arranhado, preciso apressar um pouco o passo pra que ele não me veja aproveitando a ausência de todos para ficar solto por aí, como se fosse para o galinheiro, por trás, espio por uma fresta e ele não me vê, olhando para os lados, ali parado debaixo da figueira, desço o talude e contorno a casa da sede por baixo, por sorte que os cachorros em volta do Nivaldo, todos de longa amizade, eles, as folhas mortas do bambuzal continuam molhadas, agora não estou vendo o Nivaldo nem imagino para que lado ele tenha ido, acho que vou pegar a estrada da roça e passar por trás do pomar, cada vez mais longe, sem necessidade de conversar com ninguém, mas detrás do paiol surgem primeiro os cachorros e em seguida o Nivaldo aparece na minha frente, então não tenho mais como fugir dele.

 Seu cumprimento me segura, por isso respondo com minha voz já um pouco destreinada, as palavras de mistura com pigarros, e nos encostamos na porteira com os braços pendurados do lado de fora, e sem muita espera ele começa a dizer o que vinha com vontade de me revelar, isso eu sinto, A gente vendo você lá de casa morre de tristeza, porque já sabemos de toda a história, uma injustiça do céu, Nâncio, um rapaz que a gente conheceu montando em cabrito e caçando passarinho, um menino sempre de muito bom coração não merecia passar o que está passando, ninguém entende como pode uma coisa destas, ele para um instante, e aproveito e boto para fora isso que entope minha garganta, Meu pai está maluco, Nivaldo, ele não está batendo bem, e o empregado de meu pai me olha espantado, Não diga uma coisa dessas, Nâncio, seu Bernardo é homem de muito juízo, Só que isso que ele está fazendo com o filho dele nem bicho é capaz de fazer, Mas não é por loucura, é uma sina que ele carrega, uma promessa que já vem passando de avô pra neto, de muito tempo, bom, você conhece a história muito melhor do que eu, os cachorros descem a estrada em correria e em correria entram pela roça de aveia latindo salteado, um depois o outro, que já sei tratar-se de rastro de lebre, uma ousadia delas tão perto de casa onde três cachorros, e se fosse em outros tempos corria a pegar minha espingarda, mas como estou, este fundo escuro onde caí, ah, não, vontade mesmo é de mais nada, e o Nivaldo, depois de escutar um pouco os latidos, que vão diminuindo para os baixios que margeiam o córrego, volta ao assunto, Não é loucura, Nâncio, aqui na fazenda de vocês desde sempre foi assim e seu pai não quer quebrar a tradição, a conversa dele já começa a me irritar, porque ele veio com parte de simpatia e agora já começa a ficar do lado do patrão, Olha aqui, Nivaldo, uma coisa só porque sempre foi de um jeito, isso não quer dizer que esteja certa, e tudo neste mundo, tudo mesmo, Nivaldo, pode ser mudado, ele me olha com uma testa enrugada onde os pensamentos estão tendo dificuldade para entrar, por isso procuro assunto mais de acordo e aproveito que o Sol está saindo detrás de umas nuvens, as últimas, e comento, Olha o Sol aparecendo!, com o que ele fica muito satisfeito e responde, Pois não é que é?, e seguimos conversando sobre céu, e chuva, e sol, e terra, nós dois muito conhecedores dos fenômenos, por fim, me parece que cansado de me fazer companhia, o Nivaldo afirma com rosto sério, quase solene, Se precisar de alguma coisa, Nâncio, qualquer coisa, bate na porta lá de casa, porque lá todos nós estamos muito sentidos com o que está acontecendo.

A família do Nivaldo não costuma ir à missa, eles de umas crenças de que nem sei o nome, vira as costas e segue reto, agora, cortando o terreno na direção do campo onde as três casas, a dele a do meio, decerto com a consciência mais leve, quem sabe mais limpa, depois de um ato de caridade, obrigação de qualquer um, e desaparece sem olhar para trás, enquanto eu fico ainda um tempo, aqui, escorado na porteira, até que me lembro de que agora não preciso mais fugir de ninguém, o único semovente deste pedaço do mundo, não contando as duas lá dentro de casa, o único sou eu, porque galinha, pato, cachorro, esses bichos de terreiro não atrapalham ninguém com sua conversa, dez passos e estou na cancela da horta, então entro pra dar uma espiada no que tem feito minha mãe, as coisas que ela inventa pra comer, suas verduras e seus legumes, por fim acho cansativo ficar olhando canteiro de horta e ouço a Ivone chorando misturado com a voz da Esperança, mas não ouço por que ela chora nem entendo as palavras da Esperança e acho melhor entrar por baixo das árvores do pomar, onde as galinhas procuram comida com certo sossego, já que os cachorros, de vez em quando ouço algum ganido que vem lá de baixo, da outra várzea, por onde o córrego, mas parece que já subindo o morro do lado de lá, como preferem as lebres, quando vi os dois olhinhos que me fitavam sem que ele tivesse como fugir, eu tremi porque aquilo ia ser um crime, mas então me aparece a Valéria com um pescoço em frangalhos dependurados pelas pernas e não tive mais dúvidas, porque um tiro desses eu nunca erro, todos sabem disso, e a festa das galinhas não me interessa e aqui no pomar também não tenho o que fazer, por isso me encaminho para os chiqueiros, a terra já está quase seca, mas ainda algumas pequenas lagoas de que vou me desviando, quanto mais perto maior o fedor e dou uma espiada para dentro dos chiqueiros mesmo sabendo que não existe novidade nenhuma por aqui, a não ser que um porco não consegue mais ver nem se levantar, coisa de mais de duzentos quilos, qualquer hora destas meu pai manda sangrar o bicho, mantas de carne e de banha, toucinho e pururuca, a trabalheira, e sinto que nada mais disso me interessa, não me dá prazer pensar nessas coisas todas, mas dentro de casa não posso ficar, com aquelas duas lá dentro, não tanto pela Ivone, inocentinha a coitada, mais é pela Esperança, que não aguento ver muda daquele jeito, que me dá uma imensa vontade de chorar, elas duas o que mais amo nesta minha vida, e agora me ver assim rejeitado, isso é uma dor maior do que eu.

A passo lento vou gastando um pouco da vida, porque agora não tem mais nada dentro, e o que me resta são meus passos, que uso a esmo, sem sentido, então sento na escada do paiol, com todo este imenso terreiro na minha frente, me provocando uma raiva que vai crescendo, então não paro de tremer, à direita a casa da sede, onde meu pai diz que enquanto respirar sobre esta terra, e com isso ele me desgraça, não posso mais parar o choro, mas o ódio é muito grande, meu pai, se morresse, era a minha salvação, meu deus, meu pai precisa morrer.

EPÍLOGO

Enquanto Bernardo senta-se à mesa, Rosa joga água fervendo no coador de café. No curral, Vilma termina de desatrelar a Mimosa, na última baia, e ouve Valéria gritando prrrrrr-pipipipipipi, chamando as galinhas que acabara de soltar do galinheiro e jogando o milho bem espalhado. Só Ivone ainda dorme. Sua mãe, Esperança, está manietando a vaquinha jersey na mangueira e vê Ricardo estacionando o trator perto da porta da cozinha. Neste momento, ouve-se um tiro. Ricardo desliga o motor, Esperança sai correndo na direção de sua casa, e Ivone acorda assustada. Valéria contorce a boca, Vilma suspende com a mão direita o balde cheio de leite. Na cozinha, Rosa estremece, arregalando os olhos com exagero e Bernardo olha para o forro, a testa enrugada e o ouvido atento. No peito, a mão espalmada inventa uma dor. A manhã está fria e enevoada.

Em seguida, ouve-se o grito de Esperança ao descobrir que a espingarda não está pendurada na parede da sala.

Este livro foi composto em Minion Pro
e impresso em papel pólen bold 90 g/m²,
em setembro de 2023.